고양이가 왔다, 머물다, 떠났다

고양이가 왔다,
머물다,
떠났다

두 고양이와 한 남자의 동거,
그리고 이별 이후

도우라 미키 지음 ── 양수현 옮김

켜켜이 쌓인 기억을 다시 꺼내보며

꿈을 꿨다. 15년 전에 철거된 옛 집이 나왔다.

나는 2층 베란다에서 태풍 때문에 떨어진 나뭇잎과 잔 가지들을 쓸어 모으고 있었다. 모아보니 양이 꽤 많아 베란다에서 내려다보이는 정원으로 떨어뜨려도 될지 고민하고 있는데, 옆집 부부가 지붕 위에 올라가 나처럼 태풍이 지나가고 난 자리를 정리하는 모습이 보였다.

"시청에서 미화원분들이 수거하러 오신다고 하니까 밑으로 떨어뜨려도 될 거예요." 부부가 내게 일러주었다. 청소가 어느 정도 마무리되어 난간 쪽의 사다리를 타고 정원으로 내려왔더니 빗물받이 위에 기쥬가 올라가 있었다.

"기쥬, 너 여기 있었구나?" 나는 기쥬를 번쩍 들어 땅에 내려주었다. "먀타 못 봤니?" 기쥬에게 물으며 주위를 둘러보니 먀타는 정원 석등 위에 오도카니 앉아 있었다.

어째서인지 둘 다 흐릿한 모습이었지만 꿈속의 나는 특별히 이상하다고 여기지 않았다. 기쥬는 3분의 2 정도, 먀타는 절반 가까이 투명하게 비쳐 보였다. 나는 두 고양이를 양팔에 하나씩 껴안았다. 어느새 고양이들이 원래 크기의 두 배 정도로 자라 있었는데, 순간 퍼뜩 깨달았다. 먀타와 기쥬가 커진 게 아니라 내가 작아졌다는 것을.

그때 어머니는 현관 쪽에서 청소를 하고 계셨다. 어서 고양이를 보여드려야겠다는 생각이 들었다. '제가 나중에 키우게 될 아이들이에요' 하고 말이다. 꿈속의 나는 초등학교 3학년 정도였다.

눈을 뜨니 시계가 오전 6시 30분을 가리키고 있었다. 늘 그랬듯 컴퓨터의 전원을 켜고 그릇 두 개에 물을 담아 왔다. 그리고 모니터 배경화면 속의 고양이들 앞에 내려놓고 말했다.

"너희들, 내가 쓸쓸할까 봐 꿈에 찾아와준 거지?"

조깅복으로 갈아입은 후 뜨거운 커피를 홀짝이며 스트레칭을 했다. TV를 켜고 볼륨을 작게 줄였다. 왜 그런 꿈을 꾼 건지 알 것도 같았다. 뉴스에서는 기상 캐스터가 어젯밤부터 겨울을 알리는 찬바람이 불기 시작했다는 소식을 전하고 있었다. 그러고 보니 잠결에 창밖에서 몰아치는 바람 소리를 들었던 것도 같다.

곧 겨울이 돌아온다. 1년에 단 한 번 진짜 고독과 마주할 수 있는 그 계절이, 다시.

"그럼 좀 뛰고 올게." 나는 모니터 속 고양이들을 향해 말을 건넸다.

작업실 창문을 통해 밖을 내려다봤다. 바람이 흩어놓은 나뭇가지와 낙엽들이 공원 아스팔트 길 위에 어지러이 널려 있다. 그래, 내 안에도 저런 것들이 쌓여 있지⋯⋯.

시들어서, 혹은 바람에 흔들려 떨어진 이파리와 가지들을 남의 손을 빌려서가 아니라 내가 직접 긁어모으기 위해 이 책을 쓰기로 했다. 차갑고 깊은 겨울의 고독 한가운데서 오롯이 혼자 생각해보기 위해. 그러면 고양이들이 내게 준 것이 대체 무엇인지 알게 될지도 모르니까.

차례

"마타, 기쥬가 말이야……"라고 말은 꺼냈지만 끝을 맺을 수가 없었다.

처음으로 눈물이 흘렀다. "기쥬가 먼 곳으로 떠났어" 간신히 그렇게 말했다.

이제 뭘 해야 할까 생각했다. 일단 공원묘지까지 가는 길이

잘 기억이 나지 않으니 프린트를 해 두자. 그래, 돈도 준비해야 했다.

화장비용도 내야 하고 거기까지 전철을 타고 갈 수는 없으니 택시비가 필요하다.

"기쥬, 잠깐 나갔다 올게"라는 말을 남기고 집을 나섰다.

평소 다니던 피트니스 센터를 지나가는데 낯익은 젊은 트레이너가

티셔츠 차림으로 걸어가는 모습이 보였다. 아, 봄이구나.

갑자기 나 혼자 계절 밖으로 내팽개쳐진 기분이었다.

안녕이라는 한마디 말도 없이

따뜻한 봄볕이 내리쬐던 평화로운 어느 날 아침, 그 아이가 죽었다. 10년 하고도 9개월을 함께 지낸 그 녀석과의 이별은 너무나 허무하게 찾아왔다.

새벽에 잠에서 깨 화장실을 갔다가 주방에서 물을 마시면서 기쥬타를 보았다. 창문 너머로 하늘이 희뿌옇게 밝아오고 있었으니 얼추 5시가 넘었던 것 같다. 기쥬는 몸에 약간 문제가 있던 고양이라서 나는 늘 습관처럼 녀석의 모습을 눈으로 좇곤 했다. 그때 기쥬는 제일 좋아하던 거실 의자 위에서 몸을 동그랗게 말고 잠들어 있었다. 나는 다시 방으로 들어가 잠을 청했다.

눈을 떠보니 6시가 지나 있었다. 기쥬타의 형제인 먀타가 밥을 달라며 날 깨우러 왔다. 주방에 가보니 고양이 밥그릇 안에 어젯밤 부어준 건조 사료가 아직 남아 있었다. "뭐야, 아직 남아 있잖아"라고 중얼거리며 다시 한 번 기쥬를 보았다.

의자 위에 잠들어 있던 기쥬는 어느새 햇살이 쏟아지는 마룻바닥에 내려와 누워 있었다. 따뜻한 햇볕을 쬐려고 자리를 옮겼구나 싶었다. 그때를 생각하면 지금도 후회가 된다. 왜 쓰다듬어주지 않았을까. 어쩌면 먀타는 제 형제가 이상하다고 알려주기 위해 나를 깨운 것이었는지 모른다.

그때 나는 여러 가지 일 때문에 지쳐 있었다. 보통 때였다면 6시쯤에는 일어났겠지만 그날은 다시 침대에 쓰러져 잠이 들었다.

얼마나 잤을까? 갑자기 '켁켁' 하고 시끄러운 소리가 났다. 내가 사는 아파트는 반려동물을 키울 수 있는 곳이라 대형견을 키우는 집도 많았다. 나는 어느 집 큰 개가 복도에서 기침을 하나 보다 생각했다. 그 정도로 큰 소리였다. 또다시 켁켁거리는 소리가 들렸다. 아니, 밖이 아니라 거실 쪽에서 나고 있었다. 당황한 나는 침대를 박차고 일어나

"기쥬, 무슨 일이야? 왜 그래?" 하고 급히 달려갔다.

기쥬는 쏟아지는 봄볕 아래 벌렁 나자빠진 채 축 늘어져 있었다. 입 밖으로 길게 나온 혓바닥이 보였다. 혀를 길게 빼문 기쥬는 또 한 번 콜록거리더니 온몸에 경련을 일으키며 부르르 떨었다. 그렇게 긴 혀는 본 적이 없었다. 무의식적으로 시계를 바라보니 오전 8시였다.

아마도 인연이었기에,
우연을 가장한 운명

기쥬타와 처음 만난 것은 1993년 7월이었다. 아직 장마가 끝나지 않아 비가 내리던 어느 날이었다. 오전 8시쯤 평소처럼 조깅을 하고 있는데 공원 한 구석에서 빽빽 울어대는 고양이 소리가 들려왔다. 아기 고양이 울음소리가 분명했다. 이 주변은 공원 제일 깊숙한 곳에 자리한 자전거 코스라 휴일이 아니면 오가는 사람이 거의 없었다. 조깅하는 사람조차 찾아보기 힘들었다. 그날 나는 마침 두 시간 넘게 달릴 작정으로 멀리까지 온 참이었다. 고양이 소리는 커다란 철제 쓰레기통 아래에서 들려오고 있었다. 쓰레기통은 어른 두 사람이 넉넉히 들어갈 수 있는 크기였고, 밑에는 시멘트 벽돌 네 개를 괴어놓은 상태였다. 10센티미터쯤 되는 그 틈 사이에 고양이가 있는 모양이었다.

무슨 일일까 궁금했지만 달리는 것을 멈추지 않았다. 버려진 고양이일까, 아니면 어미 고양이가 먹이를 구하러 멀리 떠난 걸까? 공원 둘레를 따라 한 시간 반 정도 뛰다가 아까 그 자리로 돌아와 보니 아직 고양이가 울고 있었다. 하지만 어떻게 손쓸 방법이 없었다. 내가 살던 아파트는 좁디좁았고 무엇보다 동물을 키울 수 없는 곳이었다.

그날 밤은 집 근처 역 앞에서 편집자와 약속이 있었다. 원고도 주고받을 겸 약속 장소로 나갔다. 당시에는 편집자들과 이메일로 원고를 주고받는 경우가 드물었다. 팩스로 보내거나 직접 만나서 건네주곤 했다.

편집자는 애주가였다. 밤 10시가 지난 시간이었음에도 역 앞의 작은 술집으로 들어갔다. 그런데 내 머릿속에서 아침에 보았던 그 고양이 생각이 떠나지 않았다. 편집자는 술에 취해 신나게 수다를 늘어놓았지만 아무 말도 귀에 들어오지 않았다.

조깅을 하다가 우연히 버려졌거나 길을 잃은 고양이를

만난 일은 몇 번 있었다. 하지만 이렇게까지 신경이 쓰인 적은 처음이었다. 그 아기 고양이를 발견한 지 이미 열두 시간이나 지났다. 어미가 돌아왔거나 이미 누가 주워 갔으려니 생각하려고 애썼다.

집으로 돌아오니 자정이 훌쩍 넘었다. 비는 계속 내렸다. 여전히 고양이는 머릿속에서 떠나지 않았다. 일단 다시 가 보자는 마음이 들었다. 울음소리가 들리지 않는다면 누가 데려간 거겠지 하고 훌훌 털어낼 수 있을 것 같았다.

그때는 마침 친구들과 종종 등산하러 다니던 때라 집에 고어텍스 우비와 헤드랜턴이 있었다. 그것들을 장착하고 공원을 향해 힘껏 자전거 페달을 밟았다. 그 공원은 도시 내에서 1, 2위를 다툴 만큼 넓은 곳이었는데, 운이 없었는지 가던 길에 자전거 라이트가 꺼지고 말았다. 바로 코앞도 보이지 않을 만큼 캄캄해졌다. 이마에 단 헤드랜턴 불빛만을 의지해 자전거로 공원을 달렸다. 비는 점점 더 세차게 내리기 시작했다.

드디어 그 장소에 도착했다. 여전히 고양이 소리가 들려오고 있었다. 아침부터 쭉 울고 있었는지 금방이라도 사라질 듯 약하디약한 울음소리였다. 흠뻑 젖은 땅 위에 엎드려서 쓰레기통 밑으로 랜턴 불빛을 비췄다. 그랬더니 작고 까만 털뭉치 하나가 비틀거리며 걸어 나왔다.

"이리 와" 하고 손을 내밀자 녀석은 좌우로 휘청거리면서도 다가왔고, 내 손 끝에 제 몸이 닿자 냉큼 손바닥 위로 올라탔다. 왜 제대로 걷지 못하고 비틀거렸는지 그제야 알았다. 덕지덕지 달린 눈곱 때문에 두 눈 모두 눈꺼풀이 꼭 달라붙어 있었다. 그 아이가 기쥬였다.

곧 쓰레기통 아래에 하얀 고양이가 한 마리 더 있다는 걸 알았다. 녀석은 경계하듯 나를 바라보며 하악거렸다. 터무니없이 작은 꼬마 주제에 내게 겁을 주려 했다. 마치 까만 털뭉치에게 "기다려, 아직 믿을 만한 사람인지 아닌지 모르잖아"라고 말하는 듯했다.

나는 질퍽거리는 땅에 얼굴을 대고 바짝 엎드렸다. 그러곤 있는 힘껏 손을 뻗어 하얀 고양이를 붙잡아 끄집어냈다. 배낭에 고양이 두 마리를 아무렇게나 집어넣은 뒤 다시 자전거에 올라탔다. 비는 점점 더 쏟아졌다. 고양이들은 배낭 속에서도 여전히 울어댔고, 나는 "괜찮아, 이제 괜찮아" 하고 몇 번이나 되풀이해 말했다.

까만 고양이는 밤새 울었다. 눈곱 때문에 눈꺼풀이 붙어

앞이 잘 안 보일 텐데도 방 안을 비틀비틀 돌아다녔다. 처음에 야옹야옹 울던 녀석은 목이 쉬자 갸웅갸웅 소리를 냈고, 아침이 되니 구우구우 하고 작게 웅얼거리는 게 고작이었다. 따뜻한 물을 적신 휴지로 계속 눈곱을 닦아주었지만 눈꺼풀은 달라붙은 채 꼼짝도 안 했다. 하얀 고양이는 아직 어떻게 될지 모르지만 까만 고양이는 이미 틀린 게 아닐까 싶었다. 하얀 녀석도 눈은 뜨고 있지만 역시 눈곱투성이에 진흙이 들러붙어 꼴이 아주 엉망이었다.

녀석들은 살아 있다는 것이 신기할 만큼 아주 작고 연약했다. 내 한 손 안에 두 마리가 모두 들어올 정도였다. 혹시나 하고 술안주로 사둔 소시지를 잘게 잘라 코앞에 가져다대니 둘 다 정신없이 먹었다. 엄청난 기세였다. 지금 생각하면 갓 태어난 새끼고양이에게 잘도 그런 짠 음식을 줬구나 싶다. 하지만 두 녀석은 그런 건 상관없다는 듯 먹어치웠다. 눈곱이 잔뜩 끼고 흙투성이에 크기는 편의점에서 파는 주먹밥만 한 녀석들이, 먹는 모습만 보면 맹수 저리가라였다. 이 아이들은 살기 위해 열심히 애를 쓰고 있었다.

고민 끝에 지어준 이름

어릴 때 집에서 고양이를 길렀던 경험이 있다. 그래서일까? 언젠가는 나도 고양이를 다시 키우게 될 거라고 막연하게 생각했다. 만약 그런 날이 온다면 냥이나 야옹이같이 단순한 이름을 붙여주려 했다.

하지만 두 마리는 '냐아' 하고도 '냐옹' 하고도 울지 않았다. 하얀 녀석은 꼬맹이 주제에 나를 위협하려는 듯 올려다보며 "먕!", "먀악!" 하고 화난 소리로 울었다. 까만 녀석은 또 달랐다. 눈곱 때문에 눈도 제대로 뜨지 못한 채 쉬어빠진 목소리로 끼익끼익 울면서 방 안을 비틀거리며 돌아다녔다. 그러다 가끔은 애처롭게 오옹거렸다. 약국에서 가장 순한 안약을 사서 넣어보기도 하고 따듯한 물에 적신 휴지로 눈 주변을 닦아주기도 했지만, 며칠이 지나도 눈곱은 여전했다.

흰 고양이의 이름은 '먀타'라고 지었다. "먕!", "먀악!" 하고 언제나 화난 소리로 울었기 때문이다. "먀타"라고 부르면 여전히 위협하는 듯이 이를 드러내고 돌아보며 "먕!" 하고 울었다. 맹랑하고 영리한 녀석이었다.

까만 고양이는 '기즈모'라고 부르기로 했다. 눈곱이 떨어져 나가고 보니 늘 놀란 듯한 표정과 머리에 비해 큰 귀가 조 단테의 영화 〈그렘린〉에 나오는 기즈모와 꼭 닮아서였다. 녀석은 물에 닿으면 괴물 그렘린으로 변하는 것뿐만 아니라 목소리 역시 변신 뒤의 기즈모와 판박이였다. '기즈모'라고 부르던 것이 어느새 '기쥬'로 줄어들었고, 먀타와 같은 '타' 자 돌림자를 써서 마지막에는 '기쥬타'가 되었다.

처음부터 이 아이들을 키울 생각은 아니었다. 난 독신인 데다 집주인에게 들키면 곤란해진다는 문제도 있었다. 그런데 마침 그때는 아메리칸 숏헤어라는 종의 고양이를 키우는 것이 유행하고 있었다. 이렇게 지저분한 잡종 고양이는 아무도 키우려 하지 않을 것 같았다. 그렇게 3주가 흘렀다. 간신히 두 고양이가 영양실조에서 벗어나 눈곱이 멈출 때쯤이었다.

어느 늦은 오후였다. 책상 앞에 앉아 있는데 "먀, 먀아" 하는 먀타의 성난 울음소리가 들려왔다. 당시에는 집필 의뢰가 거의 들어오지 않아서 잡지 디자인 일로 생활비를 벌던 때였다. 나는 책상 위에 컴퓨터 대신 라이트 박스를 올려놓고 레이아웃 용지에 샤프로 힘껏 선을 긋는 중이었다.

발치를 보니 먀타와 기쥬타가 나란히 서서 나를 올려다 보고 있었다. 고양이가 원래 이렇게 사람의 눈을 가만히 응시하는 동물이었나? 예전 집에서 키웠던 고양이는 어땠더라? 이런저런 생각을 하는데 먀타가 또 "먀!" 하고 울었다. "일 같은 건 그만두고 우리랑 놀지?"라는 소리처럼 들렸다.

한 손으로 두 마리를 한꺼번에 들어 무릎에 올려놓았다. 기쥬는 잠시 후 꾸벅꾸벅 졸기 시작했고 먀타는 책상 위로 기어 올라갔다. 기쥬타는 내 배에 코를 파묻고 잠이 들었다. 떨어지지 않게 티셔츠 자락으로 감싸 안자, 그 작은 몸 어디에서 그런 큰 소리가 나는지 우렁차게 그르릉댔다. 먀타는 라이트 박스 주변을 쿵쿵거리며 한 바퀴 돌고 오더니 나를 향해 다시 "먀!" 하고 울었다.

행복하다. 문득 그런 생각이 들었다. 비록 작고 지저분한 새끼고양이일 뿐이지만 나와 함께 지내고 함께 살아가는 아이들이 있었다. 30대 중반이 된 내게도 드디어 가족이 생긴 것이다.

너를 돌보며
나를 돌본다

기쥬타는 어설프고 실수투성이인 고양이였다.

우리 집에 온 지 어느덧 반년이 흘러 조그맣던 녀석들이
제법 자랐을 때다. 당시 먀타는 격자형 파티션을 사다리처
럼 타고 올라가 책장 꼭대기에 올라갈 수 있게 되었다. 하
지만 기쥬는 파티션을 오르지 못하고 언제나 부러운 듯 먀
타를 올려다볼 뿐이었다. 3개월 뒤, 겨우 올라갈 수 있게 되
었나 싶더니만 이번엔 내려오질 못해서 책장 위에서 앙앙
대며 구슬프게 울었다. 그래도 바보 같은 기쥬 녀석은 기회
가 있을 때마다 책장 위로 올라갔고, 늘 내가 의자를 밟고
올라 서서 두 팔로 안아 내려줘야 했다.

기쥬가 먀타에 비해 성장이 더디다는 사실을 깨달은 것
도 그즈음이었다. 몸집이 몹시 작은 데다가, 먀타를 안으면
탄탄한 근육이 느껴지는 데 반해 기쥬에게서는 딱딱한 뼈
위를 덮은 부드러운 털과 가죽만 느껴졌다.

기쥬타의 건강에 심각한 문제가 있음을 깨닫게 된 건 함
께 살게 된 지 1년이 지나고 나서였다. 무더운 여름이었다.

그날의 내 일기에는 '8월 4일, 도쿄는 지금 39도. 덥다'라고 적혀 있었다. 고양이도 사람도 더위에 녹초가 됐다. 어느 날 아침, 일어나 보니 기쥬타가 없었다. 그러고 보니 얼마 전부터 고양이들이 부쩍 침대 밑이나 옷장 뒤쪽같이 손닿지 않는 장소에 자주 숨지 않았던가. 단순히 시원한 장소를 찾아 갔겠거니 생각했다.

그런데 어떻게 들어갔는지, 그날은 하필 현관 신발장 안의 신발들 사이에서 흙먼지를 뒤집어쓰고 자고 있었다. "왜 이런 지저분한 데 있니?" 하고 웃으며 끄집어내 보니 기쥬가 이상하리만치 축 늘어져 있는 게 아닌가. 화들짝 놀라 녀석을 이동가방에 넣고 자전거에 올라타 동물병원으로 데리고 갔다. 기쥬는 아무 소리도 내지 않았다.

"이 애, 소변은 잘 보나요?" 수의사가 물었다.

아는 바가 없었다. 먀타와 화장실을 함께 써서였다. 매일같이 대변을 치우고 화장실 모래도 갈아주었지만 두 마리 다 제대로 배설을 하고 있는지는 미처 몰랐던 것이다.

수의사는 이대로 두면 죽는다고 했다.

"주인분이 좀 도와주세요." 의사의 지시에 따라 기쥬의 다리를 잡자, 의사는 녀석의 자그마한 생식기에 관을 들이

밀고 주사기 같은 기구로 오줌을 뽑아냈다. 기쥬는 내가 생전 처음 들어보는 비명을 질러대며 애처로운 눈빛으로 날 응시했다.

"고양이가 아픈 걸 알 수 있는 사람은 주인뿐이에요"라고 의사가 말했다.

나와 비슷한 또래로 보이는 젊은 의사였다. 아직 앳되고 순한 인상이었지만 눈빛은 엄격했다.

사실 기쥬의 상태가 정상이 아니라는 걸 알아차리지 못한 것은 아니었다. 솔직히 말하면 알려고 하지 않았다. 정신적으로 여유가 없었으니까. 그 당시는 앞이 보이지 않는 캄캄한 시기였다. 글을 쓰며 살고 싶었지만 일거리는 없었고, 의도치 않았던 디자인 작업을 하며 하루하루를 벌어먹고 살았다. 그런 자신이 한심하게 느껴져 우울했다. 엎친 데 덮친 격으로 그해 여름은 어찌나 더운지 무더위에 지쳐 아침에 일어나기조차 힘이 들었다. 나는 스스로를 속이며 살고 있었다. 이런 상황에서 고양이의 병에 대해서까지 생각하고 싶지 않았다. 자기기만으로 찌든 내 나약한 마음이 녀석의 이상 신호를 눈치채기 두려웠던 것이다.

수의사에게 따끔한 소리를 듣고 나서야 화장실에 웅크

리고 앉아 있던 기쥬가 볼일을 보지 못하고 나와 어딘가로 사라지는 모습을 여러 번 본 기억이 떠올랐다. 볼일도 제대로 못 보고 힘들어하다 시원한 곳을 찾아 신발장에 틀어박혔던 작은 고양이……. 기쥬가 죽은 지금도 신발장 안에서 먼지를 뒤집어쓰고 잠든 그 모습이 기억난다. 기만은 눈을 흐리게 만든다는 것을, 앳된 얼굴의 수의사와 기쥬타가 내게 가르쳐주었다.

기쥬타는 '직장 비대증'이라는 진단을 받았다. 원인은 확실치 않지만 녀석의 장은 비정상적으로 확대되어 있는 상태였다. 대변이 골반과 항문 앞까지 쌓이고 쌓여서, 결국 방광까지 압박해 오줌도 누지 못한 것이었다.

화장실을 따로 마련해주고 모래 대신 신문지를 깔았다. 그래야 볼일을 봤는지 안 봤는지 알기가 쉬웠다. 뭘 해도 어설픈 기쥬가 소변을 눌 때마다 뒷발을 축축하게 적시는 바람에 매번 화장지로 닦아줘야 했다. 그래서인지 녀석에게선 늘 오줌 냄새가 났다. 대변은 거의 자력으로 눌 수 없었다. 신문지를 갈기갈기 긁고 뒷발로 버티고 서서 어떻게든 변을 내보내려고 하지만, 결국 성공하지 못하고 포기했다. 그러곤 "오옹, 오옹" 하고 구슬프게 울었다.

　수의사는 대변을 보지 못하면 배 마사지를 해주라고 말했다. 몸을 잡고 장이 있는 부위를 주물러 딱딱해진 변을 부드럽게 만든 뒤 항문 쪽으로 밀어내라고 했다.

　당연히 기쥬는 몹시 고통스러워했다. 기쥬와 함께 지냈던 10년 동안 내 양쪽 손목은 자해라도 한 것처럼 늘 상처투성이였다. 팔이 저릴 정도의 힘으로 압박해 어찌어찌 변을 밀어내도 매번 골반과 항문 사이에 걸렸다. 그걸 항문 밖으로 내보낼 때가 특히 아픈 듯했다. 녀석과 내가 고생해서 빼낸 변은 바닥에 떨어져 데굴데굴 굴러갔다.

　간신히 변을 본 기쥬는 겁먹은 토끼처럼 달아났다. '왜 이렇게 날 아프게 하지?'라며 날 원망했는지도 모른다. 하지만 마음 한구석으로는 자기를 위해 그러는 줄 알고 있었던 것 같다. 바닥에 떨어진 대변 덩어리를 휴지로 치울 때면 기쥬는 늘 문 뒤에 숨어 한쪽 눈만 내밀고 내 쪽을 기웃거렸다. "괜찮아, 기쥬. 이제 끝났어"라고 하면 이상하다는 듯 나를 올려다봤다.

신통방통한 고양이,
기쥬타

 몸이 약한 탓인지 아니면 태어날 때부터 그랬는지는 몰라도 기쥬는 굉장한 어리광쟁이였다. 고양이는 주인이 불러도 안 온다는 속설이 있지만 기쥬는 부르지 않아도 왔다. 책상에 앉아 있으면 슬금슬금 무릎 위로 올라와 잠을 잤고, 주방에 있어도 따라왔고, 침대에 누우면 코로 이불을 들추고 품 안으로 쏙 들어왔다. 체구가 작고 허약한 주제에 굉장한 먹보이기도 했다. 밥그릇에 사료가 남아 있어도 밥을 더 달라고 울었다. "거기 있는 것부터 먹어야지"라고 혼을 내면 어깨를 움츠리고 힘없이 "에옹" 하고 대답했다. 마치 부모에게 야단맞은 어린아이가 "그치만……"이라고 변명하는 모습 같았다.

 원고를 쓰다 지쳐 소파에 누우면 어딘가에서 자고 있던 기쥬가 톡 하고 마룻바닥에 내려오는 기척이 느껴졌다. 타박타박 발소리와 함께 다가온 기쥬는 소파 위로 뛰어올라 내 팔 사이에 몸을 말고 자리를 잡는다. 그러고는 코를 가슴에 묻고 이내 잠이 들었다. 사람이 누우면 팔을 꽉 붙이지 않는 한 팔과 가슴 사이에 작은 공간이 생긴다. 기쥬는 자로 잰 듯 그 공간에 딱 들어맞았다. 마치 나라는 인간의 빈틈을 채워주는 존재인 것 같았다.

참 순한 고양이였다. 그런데 먀타는 뭔가 마음에 안 들어서였는지 아니면 장난을 치고 싶었는지, 종종 기쥬타의 목덜미를 힘껏 깨물었다. 그럴 때마다 기쥬는 "으냥!" 하고 비명만 지르지 절대 화내는 법이 없었다. 날 향해 달려와 숨을 뿐이었다. 안아주면 코끝을 내 가슴팍에 파묻고는 오옹오옹 울었다.

그뿐만 아니라 기쥬타는 참 신기한 고양이였다. 기쥬의 일기예보는 한 번도 틀린 적이 없었다. 녀석이 귀 뒤쪽부터 얼굴까지 앞발을 비비고 고양이 세수를 하는 날에는 어김없이 비가 내렸다.

그게 언제였더라? 어느 저녁 역 앞 슈퍼에 잠시 다녀오려고 "나갔다 올게"라고 말을 건넸더니 기쥬가 앞발을 핥고 귀 뒤쪽부터 얼굴까지 싹싹 두 번 문질렀다. 여름이 끝날 무렵이었다. 창문 너머로 초가을을 연상케 하는 짙은 노을이 앉아 있었다.

"너도 일기예보를 틀릴 때가 다 있구나" 하며 머리를 쓰다듬어줬다. 집을 나서자마자 자전거를 타고 달렸다. 그런데 5분도 지나지 않아 서쪽 하늘이 새카맣게 어두워지더니 금세 양동이로 쏟아붓는 듯한 비가 퍼붓기 시작했다. 남쪽 하늘은 맑은데 여기만 소나기가 오다니 참으로 이상한 날씨였다. 흠뻑 젖은 채 자전거 페달을 밟아 집으로 향하면서 중얼거렸다.

"기쥬, 너란 애는 정말!"

또 하나 신기했던 점은 언제나 딱 맞는 시간에 나를 깨운다는 것이었다. 처음에는 방 문 앞에 앉아 "오옹, 오옹" 하고 작게 울었다. 그래도 일어나지 않으면 침대 옆으로 와서 에옹거리다가 이불 위로 사뿐 올라와 앞발로 내 얼굴을 톡톡 두 번 건드렸다. "기쥬, 딱 5분만 더 잘게" 그렇게 말하고 엎드리면 이번에는 발끝을 둥글게 말아 쥐고 말랑말랑한 발바닥으로 뺨을 할퀴는 시늉을 했다. 이쯤에서 늘 웃음이 터지는 통에 잠에서 깰 수밖에 없었다.

밤까지 마무리 짓지 못한 원고를 다음 날 아침에 부랴부랴 쓸 때가 있었다. 무턱대고 일찍 일어나도 수면부족으로 머리가 멍하면 제대로 된 글이 나오지 않는다. 하지만 기쥬가 깨워줄 때 일어나면 아무 문제가 없었다.

졸려서 영 정신을 차릴 수 없어도 일단 기쥬가 깨워서 일어나 컴퓨터 앞에 앉으면 금세 머리가 맑아지고 글이 써졌다. 혼자 힘으로 일어나면 눈꺼풀이 천근만근 내려앉아 다시 침대에 쓰러질 때도 있었다. 그래도 기쥬는 정확히 원고 마감을 지킬 수 있는 시간에 날 깨웠다. "그래, 그래. 네 말대로만 하면 되는 거지?" 나는 늘 기쥬를 품에 안고 일어났다. 기쥬는 영문을 모르겠다는 얼굴이었다.

"꼭 와이프 같네." 내 이야기를 들은 여자 친구가 웃었다.

그녀는 "넌 기쥬가 있어서 결혼 안 하는 거지?"라는 말을 했다.

그때 우리는 침대에 마주 누워 있었다. 기쥬는 평소처럼 문 밖에서 가지런히 앞발을 모으고 앉아 나와 그녀를 바라보았다.

"기쥬, 질투하니?" 여자 친구가 말했다. 기쥬는 여전히 어리둥절한 표정이었다.

아마도 기쥬가 죽기 1년 전쯤의 일로 기억된다. 아침 조깅을 나가려고 거실에서 스트레칭을 하면 늘 기쥬가 다가와 몸을 비비적거렸다. 나는 매번 녀석을 안아들고 얼굴을 들여다봤다. 보통의 고양이는 사람이 얼굴을 가까이 가져다 대면 싫어하지만, 기쥬는 눈을 피하지 않고 같이 마주보며 내 코를 할짝할짝 핥았다. 얼굴이 고양이보다는 너구리나 곰 인형을 닮은 아이였다.

문득 어린 시절 읽었던 그림책이 떠올랐다. 초등학교에 들어가기도 전이었다. 산속에 새끼곰 한 마리가 살고 있었는데, 어느 날 아빠곰과 엄마곰이 자리를 비운 사이 그만 낭떠러지에서 발을 헛디뎌 사람들이 사는 마을로 떨어지고 만다. 책에는 몸은 까맣고 배만 하얀 새끼곰이 산등성이를 따라 데굴데굴 굴러가는 그림이 그려져 있었다. 그 책을 처음 봤을 때 느낀 강렬한 기분은 차마 다 표현할 수 없다. 새끼곰이 가엽기도 하고 귀엽기도 해서 어쩔 줄 몰라 했던 기억이 난다. 저 까맣고 폭신폭신한 털을 가진 곰을 안아줄 방법은 없을까, 생각만 해도 가슴이 찡하고 울컥했다. 어린 아이가 감당하기 힘들 만큼 안타깝고 서글펐다. 갑자기 왜 그 책 속의 곰이 떠올랐을까? 40년 동안 까맣게 잊고 있었는데.

"그 새끼곰이 너였구나?"

기쥬를 꼭 끌어안았다. 기쥬는 몸 전체가 까맣고 콧잔등 과 배 그리고 발만 하얗다. 새끼곰과 꼭 닮은 모습이었다. 40년 만에 그 곰과 다시 만났구나. 바보 같은 상상인 줄 알 면서도 나는 그렇게 생각했다.

처음부터 따져보면 10년 전 비가 오던 날 아침, 아기 고 양이 두 마리는 왜 거기에 있었을까? 눈곱이 덕지덕지 붙 어 있던 것은 분명 오랜 영양실조 탓이었다. 어미 고양이 가 잠시 자리를 비웠을 리 없다. 만약 누가 버렸다 치더라 도 그 작은 고양이들을 종이 박스도 아닌 쓰레기통 밑에 밀 어넣고 갈 사람이 과연 있을까? 그 둘은 어디선가 발을 헛 디뎌 내 앞까지 데굴데굴 굴러온 게 틀림없다. 그런 생각이 머리를 떠나지 않았다.

"기쥬가 꼭 네 와이프 같다"라며 웃던 여자 친구는 헤어 질 때 "넌 누군가를 사랑할 줄 모르는 사람이야"라고 말했 다. 우리가 헤어지던 마지막 그날, 기쥬는 그녀가 침대에 서 일어나 옷을 입는 모습을 침실 서랍장 위에 앉아서 이상 하다는 듯 응시했다. 침대 밖으로 나와 거실 복도로 나가던 그녀가 잠시 멈춘 뒤 기쥬의 앞발을 잡고 일으켜 세워 콧잔 등에 뺨을 부비며 "기쥬, 저 한심한 남자를 잘 부탁해"라고 말했다. 그때 나는 그저 거실 소파에 앉아 거기에서 자고 있던 먀타를 쓰다듬고 있을 수밖에 없었다. 현관에서 신발 신는 기척이 느껴졌고, 이윽고 문이 닫히는 소리가 났다. 그걸로 끝이었다. 그 후로 그녀를 다시 보지 못했다.

그날, 그녀가 했던 대로 기쥬의 두 앞발을 잡아 일으켜보았다. 기쥬는 내 코를 날름날름 열심히도 핥았다. 고양이 혀는 까끌까끌해 제법 아프지만, 그래도 나는 계속 그대로 있었다.

이별은 한밤의 도둑처럼
찾아오고

만성적이고 심한 변비에 시달리던 기쥬타는 1년에 꼭 한 번씩 지독한 설사를 했다. 마치 뚜껑처럼 장을 막고 있던 숙변이 떨어져 나감과 동시에 그동안 쌓일 대로 쌓여 있던 것들이 한꺼번에 넘쳐흐르는 모양 같았다.

죽기 전날도 그랬다. 저녁 7시쯤이었을까? 방구석의 바닥을 박박 긁다 두 다리를 벌리고 힘을 주길래 평소처럼 배를 마사지해주자 크고 딱딱한 변을 봤다. 다행이다 싶었는데 한 시간쯤 지나니 드물게 혼자서 또 대변을 보았다. 이번엔 복도에서였다. 지금 생각하면 그때부터 이미 배가 부글부글 끓고 아팠던 것이다. 볼일을 마치고 난 기쥬는 침대 밑으로 기어 들어갔다.

나중에 확인해보니 바닥에 초콜릿색 무른 변 두 덩어리가 떨어져 있었다. 이런, 설사가 시작됐구나 하는 생각에 얼른 치우고 걸레로 닦았다. 일을 끝낸 뒤 목욕을 하고, 자기 전에 술 한 잔을 기울였다. 그러다 침실 쪽에서 바스락거리는 소리가 들려서 가보니 기쥬가 침대 위에 오도카니 앉아 있었다. 평소와 다를 바 없는 멀뚱멀뚱한 얼굴로 날 응시했다.

"기쥬, 왜 그래?" 하며 눈을 맞추다가 베개 옆에 있는 물렁한 변을 발견했다. "이런, 이런." 휴지로 닦고 침대 시트를 세탁기에 넣었다. 기쥬는 실수를 저질러서 미안했던지 다시 침대 밑으로 쏙 들어갔다. 눈을 뜬 기쥬를 본 건 그때가 마지막이었다.

다음 날 아침, 기쥬는 따뜻한 햇볕을 받으며 길게 누워 있었다. 혀를 쭉 빼물고 컥컥거리며 몸에 경련을 일으켰다.

갑자기 벌어진 일에 머릿속은 뒤죽박죽이 되었지만 우선 기쥬를 안아 소파 위에 눕히고 서둘러 컴퓨터를 켰다. 만약의 상황을 대비해 가까운 동물병원 목록을 만들어두었다. 앳되고 순한 얼굴의 수의사가 있던 동물병원은 1년 전 기쥬가 혈뇨를 눴을 때 찾아갔더니 이미 폐업한 뒤였다. 그때만 해도 기쥬를 병원에 데려가기만 하면 어떻게든 나을 거라고 생각했다.

갈 수 있는 병원을 확인했지만 어느 병원이든 진료시간은 9시부터였다. 앞으로 한 시간 남았다. 지금 당장은 손쓸 도리가 없었다. 급히 거실로 돌아가 기쥬를 살폈다.

기쥬는 이미 꼼짝도 하지 않았다. 숨을 쉬는지 멎었는지도 알 수 없었다. 머리를 쓰다듬으며 "기쥬, 죽지 마", "제발 죽지 마" 하고 두 번 말했다. 가슴에 귀를 바싹 가져다 대고 심장 박동을 느껴보려 했다. 무언가 쉴 새 없이 쿵쿵거렸다. 하지만 내 심장에서 나는 소리였다. 기쥬의 눈이 점점 빛을 잃어갔다. 턱을 잡고 "기쥬, 보여? 나 보이니?" 하고 다그쳤다. 기쥬의 몸을 함부로 움직여도 되는지 어떨지 몰랐지만, 이대로 죽는 거라면 숨이 붙어 있을 때 다시 한 번 안아주고 싶었다. 하지만 힘껏 끌어안자마자 기쥬의 고개가 아래로 뚝 떨어졌다. 아, 다 끝났구나…….

항문에서 묽은 변이 새어나와 두어 번 휴지로 닦고 화장실 변기에 흘려보냈다. 문득 시계를 보니 9시였다. 기쥬는 이미 차갑게 식어 있었다. 그제야 녀석의 죽음을 실감했다. 온몸에서 힘이 빠져 나갔다. 기쥬는 마지막까지 주인을 생각하는 고양이였다. 고통스러워하는 모습도 보여주지 않고, 병원을 오가게 하며 고생시키지도 않았다. 바로 전날까지 귀엽게 애교를 부렸는데, 그렇게 눈 깜짝할 사이에 기쥬는 떠났다.

그 후 한 시간 남짓 동안 뭘 했는지 아무리 생각해도 기억이 잘 나지 않는다.

10시가 되어갈 무렵 어머니에게 전화를 걸었다. 장례 준비를 할 생각이었다. 무언가 제대로 해야겠다고 마음을 먹었다. 옛날 집 근처에 있던 동물 공원묘지가 생각이 났다. 어릴 적 키웠던 개와 고양이도 그곳에 묻었는데 어머니는 매년 잊지 않고 성묘를 다녔다. 어머니에게 공원묘지의 이름과 전화번호를 알려달라고 했다. 문득 어머니가 "집에 향은 있니?" 하고 물었다. 전화를 끊고 나니 작년 지인의 결혼식 때 답례품으로 향을 받은 기억이 났다. 와인 잔에

향을 꽂아 세우고 불을 붙였다. 향 냄새를 맡으니 어째서인지 마음이 조금 진정되었다.

먀타가 다가왔다. 여태 어디에 있다 왔을까? 아니, 지금껏 계속 옆에 있었는데 아마 내가 미처 보지 못했던 모양이다. "먀타, 기쥬가 말이야……"라고 말은 꺼냈지만 끝을 맺을 수가 없었다. 처음으로 눈물이 흘렀다. "기쥬가 먼 곳으로 떠났어." 간신히 그렇게 말했다.

인터넷으로 공원묘지 이름을 검색하자 다행히 홈페이지가 나왔다. 돈이 얼마나 필요할지 찾아보다가 화장을 하고 따로 뼈를 수습하려면 예약을 해야 한다는 사실도 알았다. 머리가 혼란스러웠지만 열심히 생각했다. 어떻게 해야 좋을까? 어떻게 하는 게 기쥬에게도 내게도 좋은 방법일까? 잠시 시간이 흐른 뒤 결심했다. 바로 전화를 걸었다. 업체에서 차를 보내줄 수도 있다고 해서 그렇게 해달라고 부탁했고, 유골도 수습하기로 했다. 그런데 확인해보니 내가 사는 곳은 지역이 달라서 픽업 서비스는 불가능하다고 했다. 그래서 화장식만 예약을 했다. 내일 오후 2시였다.

소파에 깔아둔 큰 수건이 기쥬의 변으로 더러워져서 세탁기에 집어넣었다. 잠을 잘 때면 기쥬타가 꼭 찾아가던,

제일 좋아했던 의자 위에 새 쿠션을 깔고 녀석을 눕혔다. 머리를 쓰다듬어보니 돌처럼 딱딱했고, 몸은 점점 얼음처럼 차가워졌다. 추울 것 같아 안쓰러운 마음에 수건으로 덮어주었다.

이제 뭘 해야 할까 생각했다. 일단 공원묘지까지 가는 길이 잘 기억이 나지 않으니 프린트를 해두자. 그래, 돈도 준비해야 했다. 화장비용도 내야 하고 거기까지 전철을 타고 갈 수는 없으니 택시비가 필요하다.

"기쥬, 잠깐 나갔다 올게"라는 말을 남기고 집을 나섰다. 자전거를 타고 역 앞의 미즈호 은행을 향해 달렸다. 몸에 힘이 들어가지 않았다. 자전거 페달을 밟기에도 벅찰 정도였다. 아무리 다리를 휘저어도 은행은 까마득히 멀기만 했다. 평소 다니던 피트니스 센터를 지나가는데 낯익은 젊은 트레이너가 티셔츠 차림으로 걸어가는 모습이 보였다. 아, 봄이구나. 갑자기 나 혼자 계절 밖으로 내팽개쳐진 기분이었다.

집에 돌아와 현관문을 여니 의자 위에 누워 있는 기쥬가 눈에 들어왔다. 평소와 똑같았다. 깊이 잠들었을 때처럼 몸을 구부리고 길게 뻗은 앞발에 고개를 파묻고 있었다. 아무리 봐도 죽었다는 게 믿어지지 않는다. 마치 질 나쁜 장난 같았다.

어느새 해가 저물었고 나는 술잔을 기울였다. 술을 홀짝이며 계속 기쥬를 쓰다듬었다. 달라진 건 아무것도 없었다. 기쥬의 촉촉하고 윤기가 흐르던 털은 여전히 부드러워서 기분이 좋았다. 나는 종종 '고양이 안주로 술을 마신다' 같은 실없는 소리를 하며 기쥬를 데리고 술을 마셨었다. 역시 그때와 달라진 건 없었다.

이승과 저승을 나누는 삼도천이라는 강이 정말 있다면 기쥬가 잘 건널 수 있으려나. 책장 위에 올라가는 것도 어려워하던 어설프고 실수투성이인 고양이였는데…….

신을 믿지는 않지만 그날 태어나서 처음으로 기도했다. '신이시여, 제발 부탁드립니다. 기쥬는 정말 착한 아이랍니다. 어설프고 실수투성이인 고양이지만 제게는 그만한 아이가 없었습니다. 그러니 꼭 좋은 곳으로 데려가주세요.'

밤이 깊었다. 기쥬와 보내는 마지막 밤이었으므로 소파에서 함께 자기로 했다. 역시 기쥬는 조금도 달라지지 않았다. 동물은 죽으면 사후경직이 일어나 뻣뻣해진다고 들었지만 기쥬는 앞발과 뒷발을 빼고는 아직 몸이 말랑말랑했다. 하긴 녀석은 원래 깊게 잠들면 무방비 상태로 축 늘어지고는 했다. 죽어서도 마찬가지였다. 그리고 여전히 내 팔과 가슴 사이의 공간에 자로 잰 듯 딱 들어맞았다.

편히 잠들기를 바라며…

오전 8시쯤 눈이 떠졌다. 그때 뭘 했는지는 정확하게 기억나지 않는다. 그저 계속 기쥬를 바라보며 쓰다듬었던 것 같다. 그러고는 사진을 몇 장 찍었다. "작별 인사해"라며 먀타를 불렀지만 녀석은 다가오지 않았다. 여기에 누워 있는 게 더는 기쥬가 아니라고 본능적으로 알아챈 모양이었다.

10시 좀 넘어 나갈 채비를 했다. 검은 재킷에 검은 바지를 입으려고 전날 미리 정해두었다. 11시, 이제 할 일을 다 마쳤다고 생각했다. 더는 미련이 없었다. 기쥬를 관에 넣었다. 이 집에 처음 이사 오자마자 주방과 화장실에 깐 매트가 들어 있던 종이 상자였다. 상자는 기쥬에게 딱 맞는 크기였다. 기쥬가 베개 위에 깔고 쓰던 수건을 상자 바닥에 펼치고 기쥬를 뉘었다.

기쥬는 유독 내 냄새를 좋아했다. 소파나 의자 위에 티셔츠를 벗어 던지고 욕실에 들어갔다가 목욕을 끝내고 나오면, 꼭 벗어둔 옷 위에 제 몸을 둥글게 말고 누워 있었다. 이제 마지막이므로 입고 있던 유니클로 티셔츠를 벗어 기쥬에게 덮어주었다. 어제까지 먹던 사료도 비닐봉지에 담아 얼굴 옆에 두었다. 그리고 마지막으로 사진을 찍었다.

기쥬를 현관에 내려놓고, 미리 확인했던 택시회사에 전화를 걸었다. 5분 정도 후에 집에서 제일 가까운 교차로까지 온다고 했다. "자, 가자" 하고 기쥬에게 말했다. 밖으로 나갔다. 한없이 아름답고 맑은 봄날의 오후였다. 마지막으로 기쥬와 같이 외출했던 때가 언제였더라? 아마도 그날이었던 것 같다. 딱딱한 변을 보느라 요도에 상처라도 생겼는지 녀석이 계속해서 혈뇨를 싼 적이 있었다. 병원에 데려가려고 자전거 주차장까지는 내려갔는데, 녀석이 너무 울어 과호흡 증상을 일으키는 바람에 결국 집으로 돌아왔다. 그게 정확히 언제였을까.

아파트 단지를 나와 따뜻한 봄 햇살을 받으며 기쥬가 담긴 상자를 안고 걸었다. 교차로에 다다르자 검은색 차 한대가 천천히 움직였다. 유리창 안쪽으로 푸근한 인상의 운전기사가 가볍게 인사하는 모습이 보였다. 좋은 사람 같아 다행이다. 눈치 빠른 기사라면 죽은 동물을 안고 탔다는 걸 바로 눈치 챘을 법도 하다. 그렇지 않더라도 목적지에 도착하면 당연히 알 수밖에 없었다. 하지만 그 기사는 한마디도 하지 않았다. 어디로 갈지, 어느 길로 갈지만 묻고 조용히 차를 출발시켰다.

차는 활짝 핀 꽃이 가득 핀 아치형으로 구부러진 길을 따라 달렸다. 11년 전 아버지가 돌아가셨을 적을 떠올렸다. 그때도 3월의 끝자락이었다. 장례식장으로 향하는 차 안에서 어머니가 문득 "벚꽃을 좋아하는 사람이었지……" 하고 중얼거렸고, 그 소리를 들은 택시 기사는 아무 말 없이 벚꽃이 흐드러지게 핀 길을 따라 운전해주었다. 생각해보니 기쥬랑 마타와 처음 만난 날도 아버지가 돌아가시고 고작 4개월이 지난 어느 날이었다.

차를 타고 가는 내내 무릎 위에 올려놓은 기쥬의 무게를 의식했다. 평화로운 시간이었다. 잠깐이지만 아직 같이 있을 수 있다는 생각에 행복했다. 다마강을 건너 요미우리랜드 언덕길을 올라갔다가, 다시 스쿠이 국도를 따라 가와사

키로 향했다. 산 중턱에 자리한 동물 묘지공원에 도착한 것은 한 시간 반 후였다.

접수를 하고 홀에 마련된 자리에서 잠시 기다렸다. 여기서 먹이를 얻어 먹으며 지내는 듯한 까만 고양이 두 마리가 서성대며 돌아다녔다. 오후 2시, 담당 직원의 안내를 받아 화장터로 향했다. 인간의 장례식장을 미니어처로 만들어 놓은 것 같은 화장로 3기가 나란히 줄지어 있었다. 기쥬를 관에서 꺼내 철제 받침대 위로 옮겼다. 쓰다듬으니 털이 여전히 반질반질하고 부드러웠다. 죽은 게 맞을까. 실은 살아 있어서 화장로에 들어간 뒤에 눈을 뜨면 어쩌지 하는 생각도 들었다. 그런 바보 같은 상상을 하며 녀석을 안아 들자 기쥬의 고개가 다시 툭 떨어졌다. 아, 정말 죽었구나. "기쥬, 이제 정말 이별이네." 살짝 이가 보이는 녀석의 주둥이에 입을 맞췄다.

40분 정도 지나자 직원이 호출을 했다. 기쥬는 뼈만 남아 있었다. "뼈가 이렇게 깨끗하게 남는 경우는 드물어요"라고 직원이 말했다. 머리뼈가 참 조그마했다. 그래, 기쥬는 머리가 작은 고양이였지. 요만한 머리로 무슨 생각을 하고 있냐고 자주 놀리기도 했다. 뼈는 다리부터 유골함에 넣었다. 그다음에 머리를, 마지막으로 울대뼈와 목뼈를 담았다. 유골함을 안고 밖으로 나오니 직원이 무덤 자리로 안내해주었다. 온화한 인상에 나이가 지긋한 분이었다. 오늘은 좋은 사람들을 많이 만나는구나. 꽤 높은 언덕까지 올라가 새 무덤에 유골함을 묻었다. 꽃을 함께 넣고 흙을 덮었다. 문득 여기에 있는 건 어제까지 살았던 고양이도, 오늘 죽은 고양이도 아니라는 생각이 들었다. 기쥬는 그저 영원한 혼이 되었다.

그다음부터는 어떻게 돌아왔는지 잘 기억나지 않는다. 정신을 차리니 집에서 가까운 역 앞의 버스정류장이었다. 자전거가 없더라도 보통은 집까지 걸어가지만 그럴 힘이 나지 않았다. 버스는 좀처럼 오지 않았다. 해가 떨어지기 시작했고 바람이 차가웠다. 저녁노을이 아름다웠다. 서 있기가 괴로웠다. 누구라도 말을 걸어줬으면 했다. "정말 잘 키우셨네요"라고 해주길 기다렸다. "기쥬는 행복했을 거예요"라는 소리가 듣고 싶었다.

그러나 어느 누구도, 아무 말도 하지 않았다.

집으로 돌아와 현관문을 열자 침실에서 뛰쳐나온 먀타

가 내 다리 사이에 몸을 비비적거리며 야옹야옹 울었다. 처음 있는 일이었다. 먀타는 늘 도도하고 영리하고 자립심 강한 고양이였다. 내가 집을 비운 사이 기쥬타가 없다는 사실을 눈치챘나 보다. 사료를 더 부어주었다.

뭘 해야 할지 몰라서 우선 컴퓨터를 켜고 바탕화면에 기쥬의 사진을 깔았다. 먀타가 다가와 나를 올려다보며 무언가 호소하듯 야옹거렸다. 번쩍 안아 올려 무릎에 앉혔다.

언젠가 이런 날이 올 것이라고 상상은 했었다. 몸이 훨씬 약한 기쥬 쪽이 먼저 죽을 테니 나중에는 먀타와 둘이서만 살겠구나 하는 상상. 그런데 그 순간이 이렇게 빨리 올 줄 몰랐다. 먀타를 꼭 끌어안았다. 그러고는 소리 내어 한참을 울었다.

둘 다 가만히 내 눈을 응시하고 있다.
우리 집에 온 지 2주째 접어든 기쥬⒲와 먀타⒰.

신이 잠깐 맡긴 것……

창문 밖을 바라보며 그 말을 떠올렸다.

나는 하느님도 부처님도 믿지 않지만 고양이의 신이라면

저 하늘 어딘가에 있을지도 모르겠다고, 문득 그런 생각을 했다.

혼자라 늘 외로웠던 나에게 고양이의 신이 아주 잠깐 기쥬를 맡긴 게 틀림없다.

그래서 그 비 오던 날, 마치 산에서 굴러 떨어진 새끼곰처럼

공원 쓰레기통 밑에 덩그러니 놓여 있었던 것이다.

'신께서 맡기신 고양이였으니 이제 돌려드립니다.'

저 하늘 끝 어딘가, 기쥬가 고양이의 신의 품에 안겨 옹알거리며

기분 좋게 목을 울리고 있는 광경이 떠올랐다.

고양이의 수명은
'고양이의 신'이 결정한다?

기쥬타가 죽은 뒤 나는 하루하루를 그냥 멍하니 흘려보냈다. 평소처럼 늘 해왔던 일들을 계속하긴 했다. 일로 사람을 만나고, 취재를 하고, 원고를 썼다. 그런데 이상하리만치 현실감이 느껴지지 않았다. 나는 여느 때처럼 자연스럽게 웃었고, 농담을 건넸고, 즐겁게 술도 마셨다. 하지만 나와 세상 사이에 눈에 보이지 않는 얇은 막이 있는 것 같았다. 길을 걸을 때도 마치 발이 푹푹 빠지는 부드러운 쿠션 위를 밟는 듯했다. 도대체 어떻게 된 노릇인지 알 수 없었다. 확실한 것은 단 하나, 누군가 내 소중한 무언가를 억지로 빼앗아 갔다는 사실이었다.

얇은 막 안쪽에 나와 함께 있는 것은
오로지 너뿐

기쥬를 떠나보낸 그날 이후, 외출했다가 집으로 돌아와
문을 열려고 하면 먀타는 현관으로 뛰어나와 울음소리를
냈다. 빨리 달래주고 싶었지만 구두를 주로 신던 시절이라
벗을 때 꽤 시간이 걸렸다. 내가 사는 아파트는 개나 고양
이가 저 혼자 집 밖으로 나갈 수 없도록 애초에 현관 안쪽
에 접이식 칸막이가 설치되어 있었다. 먀타는 그 칸막이 너
머에서 오른쪽 왼쪽으로 바삐 움직이다가 뛰어올라 칸막
이에 몸을 부딪치며 야옹거렸다. "늦었어, 늦었잖아!"라고
화를 내는 것 같기도 하고 "혼자서 쓸쓸했단 말이야" 하고
우는 것 같기도 했다.

"미안, 미안. 잘못했어" 하고 안아 올리자 먀타는 갸르릉
갸르릉 요란하게 목을 울렸다. 사람으로 치면 외로움의 표
현으로 볼 수 있는데, 이는 먀타에게 일어난 놀라운 변화
중 하나였다. 기쥬는 언제나 목울림 소리를 내며 어리광을
피우던 고양이였지만, 먀타는 어릴 적부터 한 번도 그런 적
이 없었기 때문이다.

그리고 또 하나, 기쥬가 죽은 뒤 아침이면 먀타가 나를 깨우게 되었다. 아니, 어쩌면 기쥬타가 햇살이 내리쬐는 바닥에 혀를 빼물고 쓰러져 있던 그날 아침부터 그랬는지도 모른다. 이제는 내가 일찍 일어나 원고를 써야 하는 날이면 먀타가 날 깨워주었다. 녀석은 평소처럼 야옹대며 시끄럽게 울지 않았다. 꼭 기쥬가 그랬던 것처럼 침실 문 뒤에 숨어서 얼굴을 반만 내보이며 "하아옹" 하고 새된 소리로 조심스럽게 울었다.

먀타가 깨워 눈을 뜰 때마다 생각했다. 우리는 역시 두 마리의 고양이와 한 명의 사람으로 이루어진 팀이었다. 그리고 이제 먀타는 제 남동생의 역할을 대신하고 있다. 그러면 나는 대체 뭘 하면 될까? 생각하고 또 생각했다. 하지만 답은 나오지 않았다.

신이 우리에게 준 선물

기쥬가 죽은 지 한 달이 조금 지났을 무렵, 아마 5월 연휴가 끝난 직후였을 것이다. 나는 일 때문에 고베에 가 있었다. 세 사람을 만나 직접 이야기를 듣고 취재를 한 뒤 신칸센 막차로 돌아갈 생각이었는데, 마지막 사람과의 대화가 길어져 고베에서 하룻밤 머물게 되었다.

"모처럼 오셨는데 내일은 여기저기 관광이라도 좀 하면 어때요?" 하고 그가 말했다.

"네, 고베는 오랜만이니 그것도 괜찮겠군요." 대답은 그렇게 했지만 마타가 마음에 걸렸다. 결국 다음 날 새벽 부랴부랴 호텔을 나와 첫 열차에 몸을 실었다.

1980년대 말, 이렇게 매일 지방 호텔에서 묵고 날이 밝으면 신칸센 열차를 타고 다니는 생활을 하던 시절이 있었다. 나는 한 업체와 전속계약을 맺고 성인 비디오를 찍는 한편, 록밴드와 함께 투어를 돌며 프로모션 비디오를 만들고 있었다. 그때가 계절적으로 이맘때였나? 아니, 열차 창문 너머로 유채꽃을 본 기억이 어렴풋이 나는 걸 보니 조금 더 전일지도 모르겠다. 밴드에는 '곤 씨'라는 별명의 기타리스트가 있었는데, 마침 나는 곤 씨와 함께 나란히 앉아 창밖으로 흘러가는 풍경을 감상 중이었다. 다른 멤버들은 맥주를 마시러 식당 칸에 가 있었다. 그러고 보니 그 당시는 신칸센 열차에 식당 칸이 따로 있던 시기였다.

40대를 코앞에 둔 나이의 곤 씨는 실력은 있지만 뒤늦게

빛을 본 뮤지션이었다. 교토대 출신이라는 남다른 경력의 그는 아내와 갓 태어난 아이를 교토에 남겨두고 혼자 도쿄에 와서 살고 있었다.

"아이 때문에 힘들지 않으세요?" 내가 그에게 이런 질문을 했던 것 같다. 레코드 회사는 밴드에 대한 지원을 아끼지 않았고 열정적인 팬들도 많았지만, 솔직히 밴드 활동만으로는 큰돈을 벌기가 어려운 게 사실이었으니까.

"다 그렇지 뭐. 그래도 내 자식이라 그런지 귀여워." 곤 씨가 웃으며 말을 이었다.

"사람들이 그러잖아? 자식은 하늘이……."

"내려주는 것이라는 말이죠?"

"응. 하지만 난 그 반대라고 생각해. 주는 게 아니라 잠깐 맡기는 거라고."

"잠깐 맡기는 거라고요?"

"그래. 아내한테 임신했다는 말을 처음 들었을 때 실은 아이를 낳아도 되나 걱정부터 했어. 도쿄까지 와 있는데 밴드는 아직 무명이지, 음악만 하며 먹고살기엔 나이도 많지. 그런데 막상 아이가 태어나서 안아주기도 하고 기저귀도 갈아주니까 그때부터 뭔가 다르다는 느낌이 들었어. 아이는 누가 우리에게 준 게 아니야. 그렇게 사랑스러운 존재가 나랑 아내 두 사람만의 소유일 리가 없지. 신이 잠깐 우리에게 맡긴 거야. 그러니까 부모에게는 의무가 있어. 맡은 책임을 다해 아이를 제대로 키우고 사회에 내보낼 의무 말이야."

곤 씨는 그렇게 말했다. 나는 왜 이 이야기를 아직 기억하고 있을까. 밴드 멤버들 중에서 곤 씨와 특별히 친했던 것도 아닌데. 그와 제대로 이야기했던 것은 아마 그때뿐일 것이다.

"도우라, 너 AV 촬영도 하고 프로모션 비디오도 만들고 있지만, 사실은 영화가 찍고 싶은 거 아냐?"

느닷없이 곤 씨가 물었다.

"뭐, 영화도 나쁘지 않지만……. 할 수만 있다면 글로 먹고살고 싶어요."

왜 그런 말을 했을까. 타인에게 내 꿈 이야기를 꺼낸 것은 처음이었다.

"소설 말이야?"

"음, 소설 같은 픽션도 좋고 논픽션도 좋아요. 뭐가 됐든 글을 쓰고 싶다는 생각이 요새 자주 들어요."

"그거 좋네. 계속 도전해 봐." 그가 이어서 말했다. "중요

한 건 젊다는 거잖아. 나보다 적어도 10년은 더 많이 남은
거네."

곤 씨는 미소를 지었다.

그로부터 반년 뒤, 밴드는 해체되었다. 그때 내 나이는
서른 살이었다.

나는 AV 제작회사를 그만뒀다. 바빠서 쓸 시간이 없었
던 탓에 내 은행계좌에는 꽤 많은 돈이 쌓여 있었다. 그 돈
으로 반 년쯤 미국 여기저기를 여행했다. 그리고 일본에 돌
아와 잘 안 팔리는 프리랜서 글쟁이가 되었다.

이토록 철학적인 순간

신이 잠깐 맡긴 것⋯⋯.

고베에서 돌아오는 길에 신칸센의 창문 밖을 바라보며
그 말을 떠올렸다.

나는 하느님도 부처님도 믿지 않지만 고양이의 신이라
면 저 하늘 너머 어딘가에 있을지도 모르겠다고, 문득 그런
생각을 했다. 혼자라 늘 외로웠던 나에게 고양이의 신이 아
주 잠깐 기쥬타를 맡긴 게 틀림없다. 그래서 그 비 오던 날,

마치 산에서 굴러떨어진 새끼곰처럼 공원 쓰레기통 밑에 덩그러니 놓여 있었던 것이다.

'신께서 맡기신 고양이였으니 이제 돌려드립니다.'

열차 창 너머로 보이는 하늘을 향해 마음속으로 중얼거리고 나니, 내 몸을 감싸고 있던 얇은 막이 살짝 벗겨져 나가는 느낌이 들었다. 저 하늘 끝 어딘가, 기쥬가 고양이의 신에게 안겨 옹알거리며 기분 좋게 목을 울리고 있는 광경이 떠올랐다.

오전 8시에 고베에서 출발해 11시 넘어 도쿄역에 도착했다. 아파트에 도착하니 시계가 12시를 가리키고 있었다. 집이 2층에 있어 계단을 올라 복도를 걸어가는데 벌써부터 먀타의 소리가 들려왔다. 현관문을 열자 먀타가 여느 때처럼 칸막이 건너편에서 왔다 갔다 하며 울고 있었다.

"먀타 너, 내 발소리를 알아듣는구나? 대단한데!" 녀석을 번쩍 안아 들었다. 밤새도록 혼자 있었던 먀타는 많이 외롭고 쓸쓸했는지 "먀! 먀옹!" 하고 어릴 때처럼 울었다. "그래, 미안해. 내가 잘못했어." 먀타와 함께 주방으로 가서 고양이용 통조림을 따줬다. 우적우적 맛있게 먹는 소리를 들은 뒤에야 침실로 들어가 옷을 갈아입었다. 주방으로 돌아가자 먀타가 나를 물끄러미 바라보고는 펄쩍 뛰어 싱크대 위로 올라갔다.

먀타는 어릴 때부터 고여 있는 물을 싫어해 그릇에 담아둔 물은 절대 마시지 않았다. 항상 수도꼭지에서 나오는 물을 직접 마시고 싶어 했다. "예예, 물 드시려고요?" 수도꼭지를 틀자 먀타는 콸콸 흐르는 물줄기에 앞발을 담갔다가 핥아먹길 반복했다.

먀타는 우리 집에서 자기 서열이 제일 높다고 여겼다. 먀타 머릿속에서는 자기가 장남이고 주인인 나는 차남, 기쥬타가 막내였다. 참, 막내도 목이 마르겠다 싶어서 컴퓨터를 켜고 그릇에 물을 담아 모니터 앞에 놓았다. 컴퓨터 배경화면으로 설정해둔 사진 속의 기쥬는 특유의 멀뚱멀뚱한 표정으로 나를 쳐다보고 있었다.

자리에 앉아 쌓인 이메일을 확인하는 동안 물을 다 마신 먀타가 싱크대에서 바닥으로 뛰어내렸다.

"다 드셨습니까?" 하고 물은 뒤 수도꼭지를 잠갔다. 다시 컴퓨터 앞에 앉자 녀석이 어슬렁어슬렁 다가오는가 싶더니, 마룻바닥에 드러누워 배를 보이며 내게 시선을 던졌다.

'이리 와서 배 좀 긁어줘'라고 말하는 것이다.

"예예, 알겠습니다." 바닥에 앉아 말랑말랑한 배를 만져주니 먀타는 만족스러웠는지 갸르릉갸르릉 목을 울렸다.

일상으로 돌아가는 시간

5월 어느 날 오후의 햇살이 먀타의 털 위로 가득 쏟아져 내리고 있었다. 곧 장마가 시작될 테고, 장마가 끝나면 여름이 오겠지.

"저기, 먀타. 창에 블라인드 달까?"

먀타는 아무 대답도 하지 않았다.

우리 집은 특별한 이유로 창문에 커튼이나 블라인드 종류를 하나도 달지 않았다.

사실 나는 블라인드를 무척 좋아한다.

스물여섯 살, 처음으로 고층 맨션―딱히 대단한 곳은 아니었지만 어쨌거나 목조 건물이 아닌 콘크리트 건물이었다―에 살게 되었을 때 제일 먼저 블라인드를 달 생각부터 했다. 창문이 하나뿐인 비좁은 집이라 기성품 사이즈로 구입을 했다.

그리고 서른 살이 되던 해, 그 집을 나와 다시 작은 아파트로 이사를 했다. 미국 여행을 마치고 돌아온 후였다. 새집은 사방으로 창문이 나 있는 데다가 크기가 모두 달라서, 8만 엔이라는 거금을 들여 주문 제작 블라인드를 설치했다. 채광이 그다지 좋지는 않았지만, 차분한 레드와인색 블라인드 덕에 서쪽에서 햇빛이 비쳐 들 때면 흰 벽이 아련한 붉은 빛으로 물들었다. 정말 아름다웠다.

먀타, 기쥬와 함께 살기 시작한 곳이 바로 그 집이다. 언제였는지 기억은 잘 안 나지만 기쥬타의 꼬리에 블라인드 줄이 엉켜 큰 소동이 났었다. 먀타도 꼬리가 살짝 휘긴 했지만 기쥬는 유달리 꼬리 끝이 복잡하게 꼬부라져 있었다. 거기에 블라인드를 묶어두는 가는 줄이 얽혀 버린 것이다. 정말이지 어설픈 고양이였다.

침실 겸 작업실로 쓰는 방 하나와 거실이 전부인 작은 아파트였으므로 책상에 앉아 한참 동안 일을 하는데 거실 쪽에서 블라인드 부딪히는 소리가 요란하게 났다. 창가에 앉아 바깥 내다보기를 좋아했던 기쥬타는 블라인드 안쪽 바깥쪽을 자주 왔다 갔다 했다. 그런데 그날은 평소와 다른 느낌이 들어 "기쥬, 무슨 일이야?" 하고 거실로 나가보았다. 비디오 플레이어 선반 위에 올라앉은 기쥬의 표정이 묘했다. 블라인드가 꼬리에 딱 달라붙어 있었다.

"왜 이러고 있어, 기쥬." 블라인드를 떼어주려고 했지만 생각만큼 쉽지 않았다.

끝이 한 바퀴 휜 기쥬의 꼬리와 블라인드의 끈이 마치 퍼즐링처럼 단단히 연결되어 있었다. 풀어주려고 애를 쓰면 쓸수록 아픔만 더 심해졌는지 선반 위에서 뛰어내려 도망가려 했다. 그랬다가는 꼬리가 빠지고 말 것이다. 아니, 그렇지 않더라도 꼬리 밑동이 죽을 만큼 아플 터였다.

고양이의 꼬리뼈는 사람으로 치면 등뼈나 마찬가지라 중요한 신경이 모여 있는 곳이라고 들은 적이 있다. 등뼈를 심하게 다친 사람이 반신불수가 되는 것처럼 이 녀석도 걷지 못하게 되면 어쩌나 싶어 기쥬를 끌어안고 서둘러 줄을 풀어보려 했지만 생각보다 복잡하게 엉켜 있었다. 그러는 와중에도 기쥬는 길길이 날뛰며 발톱을 세웠다. 순간 블라인드를 자르는 수밖에 없겠다는 생각이 스쳤다. 하지만 가위는 당장 손에 닿는 곳이 아니라, 1미터 떨어진 식탁용 테이블 위의 펜꽂이에 꽂혀 있었다.

힘껏 팔을 뻗었지만 고작 몇 센티미터 차이 때문에 잡히

지 않았다. "기쥬, 잠깐만! 진짜 잠깐만 얌전히 있어, 응?" 나는 기쥬를 내려놓았다. 선반 높이는 대략 80센티미터 정도. 하지만 이놈의 고양이는 내가 손을 떼자마자 당장 뛰어내리려고 했다. 허겁지겁 다시 끌어안았다. 절망적인 기분이 들었다.

그때 갑자기 선반 제일 아래 서랍에 잡동사니들과 함께 재단용 가위가 들어 있다는 사실이 떠올랐다. 언제 샀는지, 왜 샀는지 전혀 기억이 나지 않았지만 어쨌든 넣어둔 것만은 확실했다. 아프다고 발버둥치는 기쥬의 발톱에 팔을 긁히면서도 필사적으로 서랍을 열었다.

찾았다! 나는 가위를 들고 서둘러 꼬리에 걸린 블라인드를 15센티미터 정도 잘라냈다. 기쥬는 블라인드 조각을 꼬리에 매달고 침대 아래로 쏜살같이 기어들어갔다.

아끼던 블라인드가 너덜너덜해진 광경을 한동안 망연히 바라보았다. 그나마 내가 있어서 위험한 상황을 모면했다는 사실에 위안을 삼았다. 혹시나 내가 외출했을 때 지금처럼 블라인드 줄과 기쥬의 꼬리가 엉켰다면…… 상상만으로도 오싹했다.

그 일이 있은 후, 다른 곳으로 이사를 가야겠다는 생각이 들었다. 기쥬타와 먀타가 막 여덟 살이 되던 해였다. 두 녀석이 앞으로 몇 년을 더 살지 모른다. 하지만 한 번쯤은 이렇게 좁지도 않고, 집주인에게 고양이를 들키면 어쩌지 하고 가슴 졸이는 일도 없는 곳에서 자유롭게 살게 해주고 싶었다. 다행히 1999년 말에 첫 책을 출간하며 받은 인세가 조금 남아 있었다. 시간과 노력을 투자하면 좀 더 넓은 방을 얻을 수 있을 것 같았다.

그렇게 해서 지금 사는 집을 찾아냈다. 방 두 개와 거실, 주방이 있고 동물과 함께 입주 가능한 아파트. 가장 가까운 역이 걸어서 30분 거리에 있고 다행히 집세가 생각만큼 비싸지 않았다.

그리고 4월 초에 이사를 했다. 새집에서의 첫날 아침, 아직 짐 정리가 덜 돼 종이 박스들이 아무렇게나 쌓인 침실에서 눈을 떴다. 주방으로 가보니 먀타와 기쥬타가 환하게 내리쬐는 봄 햇살을 받으며 행복한 표정으로 자고 있었다. '무리해서라도 이사하기 잘했구나.' 나는 진심으로 그렇게 생각했다. 그리고 2년 후, 그때와 똑같은 따뜻한 햇볕 속에서 기쥬가 죽었다.

이사를 했지만 새 블라인드를 달 마음은 전혀 들지 않았었다. 또 블라인드 줄에 기쥬타의 꼬리가 감기면 큰일이었으니까. 하지만 이제 기쥬는 없다. 5월의 햇살을 온몸으로 느끼며 먀타의 배를 쓰다듬다가 그런 생각을 했다.

인터넷으로 주문 제작이 가능한 곳을 찾아보니 예상보다 싸게 살 수 있었다. 색깔은 황매화색이라고 불리는 짙은 노랑으로 결정했다. 일주일 만에 도착한 블라인드를 설치하니 방 안이 온통 엷은 금빛으로 물들었다. 아늑함이 느껴졌다. 부드러운 금빛을 받으며 먀타는 바닥에 발라당 드러누웠다. 문득 내가 너무 기쥬타만 귀여워한 건 아닐까 하는 생각이 들었다.

나는 자주 배앓이를 하고 어리광이 많았던 기쥬 쪽을 더 많이 신경 썼다. 하지만 이제 기쥬는 없다. 나는 바닥에 자리를 잡고 앉아 금빛으로 감싸인 먀타를 쓰다듬다가 살며시 품에 끌어안았다. 먀타는 몸 전체가 흰색인데 헬멧을 뒤집어 쓴 것처럼 머리 부분만 검은색이었다. 까만 털이 난 미간과 이마 쪽을 긁어주자 '구우구우구우' 하는 이상한 소리를 냈다. 고양이의 손이 잘 닿지 않은 부분을 만져줘서인지 정말로 기분이 좋은 듯 보였다.

"내가 기쥬만 예뻐해서 서운했어?"

나는 계속 먀타를 어루만졌다. 기쥬는 죽었다. 이제부터
는 우리 둘뿐이다. 다행히 먀타는 건강한 고양이라 감기 한
번 걸린 적 없었다. 체중은 6킬로그램, 비만도 아니다. 열
한 살이 다 되어가지만 품에 안으면 여전히 몸 전체에서 탄
탄한 근육이 느껴진다. 털도 풍성하고 윤기가 흐른다. 이
녀석은 분명 오래 살 거다. 열일곱 살, 아니 열여덟 살까지
도 문제없다. 요즘은 20년 넘게 사는 고양이도 있다고 들
었다. 그러니 앞으로 계속 사랑을 쏟아부으며, 둘이서 함께
행복하게 살면 된다.

하지만 현실은 달랐다. 그때 이미 먀타의 몸에는 변화가
일어나고 있었다. 내가 그 사실을 알게 된 건 한참이 지난
후였다.

기쥬타의 일기예보는 언제나 정확했다.
녀석은 자주 창가에 앉아 하늘 저 멀리를 바라보곤 했다.

먀타가 다시 기운을 차릴 수 있을지 어떨지는 아무도 모른다.

하지만 녀석은 고양이의 신이 "이제 그 정도면 되었단다. 이 쪽으로 오렴" 하고

부를 때까지 끝끝내 싸우고 또 싸울 것이다. 사람도 그래야 한다.

이렇게 어려운 상황들이 반복되면서 나는 이미 상당히 지쳐 있었다.

세상에 신물이 났다는 표현이 맞을 것이다.

하지만 한탄만 한다고 해서 달라지는 건 없다.

부딪치지 않고 포기하면 어떻게 방법을 찾겠는가. 나는 맹수 같은 삶을 살고 싶다.

상처를 입었다면 아물 때까지 마음을 쉬게 하고, 원하는 것이 있다면

전력으로 쟁취하는 그런 삶을 꿈꾼다.

괴로운 숨을 몰아쉬며 잠이 든 내 친구를 보며 생각했다.

먀타, 나는 너처럼 살고 싶다.

내가 미처 몰랐던 것들

새벽에 꿈을 꿨다.

스무 살까지 살았던 옛날 집 2층에서 이를 닦고 있었다. 꿈속의 나는 아마도 술에 취한 상태였던 것 같다. 칫솔을 입에 문 채 흐리멍덩한 눈으로 창밖을 내다보니 친구가 대문 안으로 들어오는 모습이 보였다. 펄럭거리는 검은 코트를 입은 친구의 모습은 꼭 드라큘라 같았다. 아래로 내려가 현관문을 열자 친구는 "야아" 하고 조금 멋쩍은 듯 웃으며 1층 거실로 향하려 했다.

그런데 하필 아버지가 거실에서 위스키를 마시고 있을 시간이었다. 아버지는 자기 전에 습관처럼 꼭 술을 한 잔씩

즐기곤 하셨다.

"거기 말고 위쪽이야. 2층 내 방으로 가자." 나는 친구를
불러 세웠다.

2층 내 방에 들어서자 문득 '맞다, 기쥬타가 어디 있더
라?' 하는 생각이 들었다. 주위를 둘러보니 침대 위에서 얌
전하게 앞발을 모은 채 잠들어 있는 녀석이 눈에 들어왔다.
침대에 앉아 머리를 쓰다듬자 기분이 좋은지 갸르릉갸르
릉 소리를 냈다.

친구에게 "어쩐 일이야?"라고 묻자 그는 무언가를 얼
버무리려는 듯 내 어깨에 손을 올리고 "어어, 그게 말이
야……" 하고 애매하게 웃었다. "술 한잔 할래?" 내가 물으
니 친구는 그러자고 대답했다. 아버지의 위스키를 가져오
려고 계단을 내려가는 순간 꿈에서 깼다.

눈을 뜬 후에야 깨달았다. 그 친구는 이미 몇 년 전에 병
으로 죽었다는 걸. 아버지도, 기쥬도 이미 이 세상에 없다.
꿈에 나온 옛 집은 허문 지 벌써 10년도 더 지났다. 마치 망
자의 나라에 다녀온 것 같은 기분이 들었다.

오늘은 꼭 먀타를 데리고 동물병원에 가야겠다는 마음
을 먹었다.

먀타의 몸이 보내는 신호

　기쥬가 떠난 지 10개월이 지난 2005년 2월, 먀타가 감기에 걸렸다. 정확히는 새해가 시작되자마자 재채기를 했고, 가끔 기침을 하며 괴로워하기도 했지만 열은 없어서 단순히 코감기인 줄로만 알았다. 하지만 돌이켜 생각해보니 기침을 하다가 괜찮아졌다가 하는 일이 한 달째 반복되고 있었다. 병원에 갈지 말지 계속 고민했다. 오랫동안 집에만 있었던 먀타를 자전거에 태워 병원에 데리고 가면 녀석이 분명 스트레스를 받을 터라 쉽게 발이 떨어지지 않았다. 게다가 기쥬가 진료를 받던 병원이 문을 닫는 바람에 근처에 아는 병원도 없었다. 큰일이다. 어떻게 해야 될까.

　거기다 주인인 내 상태도 심각했다. 해가 바뀌자 기다렸다는 듯 꽃가루 알레르기 증세가 나타났다. 이 알레르기는 보통 봄철에 날리는 삼나무 꽃가루 때문에 생긴다는데 내 경우는 아무래도 다른 원인 때문인 것 같았다. 상태가 얼마나 심한지 목구멍이 퉁퉁 부어오르고 눈도 제대로 못 뜰 정도였다. 증상이 심할 때는 머리까지 깨질 듯이 아팠다. 엎친 데 덮친 격으로 작년 말부터 글을 쓰는 일이 잘 풀리지 않아 정신적으로도 많이 지쳐 있었다.

어쨌거나 하나씩 차근차근 해결할 수밖에 없었다. 야구로 치면 6회 초에 0 대 5로 밀리는 상황이랄까. 만루 홈런을 쳐도 경기를 뒤집을 수가 없으니 1점씩 따라붙는 수밖에. 하지만 상대가 워낙 강팀이라 공수 교대가 되면 다시 점수 차가 벌어질 것은 불 보듯 뻔했다. 당연히 사기는 떨어질 것이다. 그래도 주자를 내보내야 한다. 내 상황이 바로 그랬다. 가장 급한 일은 먀타를 데려가 전문가에게 진단을 받는 것이었다. 혼자 끙끙 앓으며 시간만 보내는 건 아무 소용없는 일이니까.

인터넷과 전화번호부를 찾아보니 집 근처에 동물병원이 세 군데 있었다. 어디로 가야 할까? 단순한 감기로 끝나면 다행이지만 위험한 병일 경우를 대비해 지금 잘 결정해야 한다. 우선 세 병원 모두 직접 들러보기로 했다. 건물 외관만이라도 눈으로 직접 확인하면 뭔가 알게 될지도 모르니까. 그냥 컴퓨터 화면만 멍하니 바라보는 것보다는 나을 터였다. 집에서 병원까지 거리가 얼마나 되는지도 확인이 필요했다.

산악자전거로 10분 정도 걸리는 곳에 자리한 동물병원

을 보자마자 느낌이 딱 왔다. 오래된 단독주택의 일부를 병원으로 개조한 곳이라 대기실 분위기가 밝고 소박했다. 절로 마음이 차분해졌다. 큰 유리창에 '아기 고양이 입양 희망자 모집'이라고 손 글씨로 쓴 메모가 사진과 함께 붙어 있었다.

진료시간을 확인해보니 오후 진료는 3시부터였다. 집에서 2시 45분에 나오면 될 것 같았다. 2시 40분, 벽장에 넣어둔 이동가방을 꺼냈다. 몇 년 만인지 모르겠다. 기쥬의 몸 상태가 썩 좋지 않았을 때 산 것인데, 다 자란 두 녀석이 중성화 수술을 받을 때도 썼다. 한쪽 어깨에 사선으로 메는 형태의 가방이라 자전거를 탈 때 안성맞춤이었다.

"먀타, 잠깐만 안에 들어가 있을래?" 주인인 내가 고양이처럼 애교 부리듯 간지러운 목소리를 내가며 살살 달래서 먀타를 가방에 집어넣고 지퍼를 닫았다. 먀타는 영문을 모른 채 눈만 끔뻑끔뻑 했다. 현관문을 열 때만 해도 얌전하던 먀타는 계단을 내려가 자전거 주차장에 도착하자 울기 시작했다. 방금 전까지 숨도 쉬기 힘들어하고 있으면서 갑자기 앙칼지게 "먀옹! 먀아옹!" 하고 소리를 질러댔다. 그러거나 말거나 나는 꽃가루 때문에 심하게 콜록대며 힘겹게 페달을 밟았다. 몹시도 추운 겨울 오후였다.

사실 이날 있었던 일은 잘 기억이 안 난다. 주인인 나도 나름대로 긴장을 하긴 했나 보다. '큰 병이면 어쩌지?' 하는 불안감이 밀려왔다. 2월 9일, 이날 일기에는 이런 내용이 적혀 있었다.

혈액검사 결과는 정상이었다. 하지만 청진기를 대고 폐에서 나는 소리를 들어보니 정상이라고 할 수 없는 잡음이 섞여 있다고 했다. 곧이어 엑스레이 사진을 찍었다. 코가 막혀 거친 숨을 몰아쉬는데도 코 안쪽으로 이어지는 구멍인 부비동이나 다른 부위에는 특별히 이상이 없었다. 다만 기관지 쪽에 희끄무레한 그림자가 발견됐다. 최악의 경우 악성 종양일 가능성도 있지만 지금으로서는 기관지에 생긴 염증으로 의심된다는 진단을 받았다.

그즈음 나는 인터넷 공간, 그중에서도 블로그에 일기를 올려 누구나 내 글을 볼 수 있도록 해놓았다. 잘나가는 프리랜서가 아니라서 글을 쓸 기회가 별로 없던 나는 무슨 방법이 없을까 생각하다가 2004년 가을부터 '회상 특급

(lostbound express)'이라는 블로그를 개설해 에세이를 연재하기 시작했다. 그리고 이듬해 1월부터는 '매일 jogjob 일기'라는 제목의 일기도 함께 썼고, 덕분에 먀타의 병원 방문기도 그 일기에 빠짐없이 기록되었다.

좋은 소식과
나쁜 소식

새로운 동물병원의 원장 선생님은 백발이 성성하고 친절한, 마치 '우리 동네 의사 선생님'이라는 말을 그림으로 그린 듯한 사람이었다. 나중에 30대 여자 선생님도 있다는 걸 알게 됐지만 그날은 자리에 없었다. 그 후로 병원을 다니면서 원장 선생님이 왕진이나 휴가 등의 이유로 자리를 비우면 여자 선생님 혼자서 진찰을 할 때가 종종 있었는데, 그 반대의 경우는 두 번 다신 없었다. 지금 생각하면 여자 선생님이 부재중이었던 그날은 꽤 특별한 상황이었던 모양이다.

도와주는 여자 선생님이 없어서 그랬을까, 원장 선생님은 채혈을 하며 "아이가 무서워하니 계속 쓰다듬어주세요"

라고 내게 말했다. "먀타, 괜찮아" 하면서 먀타를 보니 평소에는 도도하게 굴던 녀석이 겁에 질려 온몸을 달달 떨고 있었다. 사교성 없는 주인을 닮았는지 먀타는 사람을 잘 따르지 않았다. 나 아닌 사람에게 안기는 일도 없었다. 가끔, 정말 가끔씩 여자 친구가 집에 와서 머무를 때면 붙임성 좋은 기쥬타는 "뭐 하고 있어?"라고 묻는 듯 들여다보곤 했지만, 먀타는 전혀 흥미를 보이지 않았다. 책장 위 같은 곳에 숨는 게 보통이었다.

그런 먀타가 원장 선생님께 가만히 안겨 엑스레이실로 들어간 데다, 검사가 끝난 뒤에도 울음소리 한 번 내지 않고 얌전히 들려 나왔다. 양쪽 겨드랑이를 잡힌 채 뒷다리를 대롱대롱 늘어뜨린 먀타는 어리둥절한 얼굴로 주인을 바라봤다. 과연 의사는 대단했다. 애교도 없고 사람을 잘 따르지도 않는 먀타가 '이 사람은 믿을 수 있다'라고 느끼게 만든 것이다. 원장 선생님은 엑스레이로 먀타의 가슴 사진 한 장, 코와 턱 사진 한 장을 찍었다. 확실히 의사 말대로 폐 중간 부위에 작은 구슬 모양의 흰 그림자가 얼핏 보였다.

원장 선생님은 불길하다고 했다. 청진기를 대자 폐에서 씨익씨익 하는, 마치 풀무질을 하는 것 같은 비정상적인 소리가 들려왔기 때문이다. "불길하군요. 질이 나쁜 종양일 가능성이 없지는 않아요. 지금은 열이 없으니 기관지와 폐에 염증이 생긴 것으로 보는 것이 타당하지만요." 그는 그렇게 말했다. 우선 일주일 치의 코막힘 완화제와 항생제를 처방받았다.

돌아오는 길에는 병원으로 향할 때보다 한결 가벼운 기분으로 자전거 페달을 밟았다. 먀타도 그때보다는 훨씬 덜 울었다. 병원과 우리 집을 이어주는 길은 마치 골짜기처럼 움푹 패어 있어서 갈 때도 올 때도 언덕길을 따라 오르락내리락 해야 했다. 힘겹게 페달을 밟으면서도 '저 의사라면 믿고 맡길 수 있겠다'라는 생각에 마음이 편했다. 앞으로 어떤 일이 일어나도 내가 주인으로서 최선을 다할 수 있게 도와줄 것 같았다.

언덕길을 올라가며 2월답게 구름 한 점 없는 오후의 하늘을 바라봤다. 나는 고양이의 신에 대해 떠올렸다. 먀타의 나이도 어느덧 열 살이 넘었다. 앞으로 얼마나 더 살지는 모른다. 하지만 그건 어디까지나 고양이의 신이 결정할 일이다. 인간은 자신이 할 수 있는 일을 할 뿐이다. 인간 세계를 내려다보는 신은 잘 상상이 되지 않지만 고양이의 신은

분명 존재할 거라는 생각이 들었다. 어째서인지 그런 기분
이 들었다.

생명을 먹다

한동안은 평화로웠다. 일주일 후 다시 병원에 가니 폐에
서 들리던 이상한 소리가 상당히 잠잠해졌다고 했다. 만약
을 위해 일주일 치의 약을 더 먹기로 했다. 이제 기침만 몇
으면 걱정할 것 없다는 진단을 받아 안심했다. 그리고 월말
이 되면서 나는 바빠졌다. 대개 20일 이후에는 정기적으로
집필하고 있는 원고 마감이 여러 개 겹치는데, 25일 전후
가 데드라인이었다.

2월 25일의 일이다.

오전 5시 30분에 일어나 조깅도 미루고 새벽부터 글을
쓰기 시작했다. 어제 저녁까지 목표한 분량의 3분의 1을
써서 메일로 보낸 데 이어 오후까지 연달아 계속 글을 쓰
다 보니 지쳐버리고 말았다. 잠깐 눈을 붙였다 일어나는 편
이 낫겠다는 생각이 들었다. 20~30분이라도 쉬고 나면 능
률이 오르니까. 결국 침실로 걸음을 옮겼는데 침대 위에서

자고 있던 먀타의 상태가 이상했다. 평소와 다르게 괴로운 숨을 몰아쉬고 있었다. "먀타, 왜 그래?" 하고 머리를 쓰다듬자 먀타는 힘없는 눈으로 이쪽을 힐끗 봤다. 시계를 보니 오후 5시 직전이었다. 병원은 6시까지라 아직 시간이 있었다. 먀타를 이동가방에 넣고 자전거를 달려 급히 병원으로 향했다.

진찰 결과 지난주만 해도 좋아진 것처럼 보였던 폐에서 다시 처음처럼 불길한 소리가 나기 시작했다. 혹시 모르니 다시 한 번 엑스레이 촬영을 했다. 원장 선생님은 사진으로만 비교해 봤을 때 폐에 있는 그림자가 커진 건 아니라고 했다. 대체 일주일 사이에 뭐가 달라진 걸까. 지난주에는 눈에 띄게 차도가 있지 않았느냐고 묻자, 원장 선생님은 고개를 저으며 대답했다.

"좀 더 상태를 지켜봐야 될 것 같습니다. 지금 당장은 뭐라고 말하기 어렵군요."

"스테로이드제를 써볼까요?" 여자 선생님이 진료 차트를 보며 말을 꺼냈다.

스테로이드제란 호르몬의 분비에 영향을 미치는 약품으로 항생제보다 염증을 억제하는 효과가 뛰어나다고 한다. 결국 이날은 항생제와 코막힘 완화제뿐만 아니라 스테로이드제도 함께 처방받기로 했다.

진찰이 끝난 뒤 약을 타려고 기다리는데 대기실에 있는 닥스훈트와 시추가 눈에 들어왔다. 큰 병은 아닌 모양인지 주인으로 보이는 아주머니들이 즐겁게 담소를 나누고 있었다. 하지만 먀타는 가방 안에서 몸을 웅크린 채 여전히 부들부들 떨고 있었다. 나는 마음속으로 괜찮을 거라고 되뇌며 먀타의 머리를 쓰다듬었다. 불쌍하고 가여워서 견딜 수가 없었다.

이튿날도 오전 6시에 일어나 어제 마무리하지 못한 원고를 썼다. 먀타는 목욕 타월을 덮어둔 히터에 딱 붙어서 자고 있었다. 호흡을 할 때마다 '휴우휴우' 하고 숨소리도 울음소리도 아닌 소리가 들려왔다. 코가 막혀서 괴로운 것 같기도 하고, 제 처지가 슬퍼서 우는 것 같기도 했다. 먀타는 꼬박 하루 동안 아무것도 먹지 않았다. 어젯밤 병원에서 돌아오자마자 바로 약을 먹였는데 효과가 없는 걸까? 만약 그렇다면 어떻게 해야 좋지? 나는 절망적인 기분에 빠져들었다.

오후가 지나서도 컴퓨터 앞에 앉아 있는데 먀타가 히터 위에서 굴러떨어지듯 내려와 나를 보고는 "야옹" 하고 기운 없이 울었다. 먀타를 무릎 위에 앉혔다. 역시 마음이 불안한 걸까.

죽은 기쥬타는 어리광쟁이였지만 먀타는 약한 모습을 절대 보이지 않는 고양이였다. 이렇게 먼저 다가오는 일은 한 번도 없었다. 녀석은 잡종 중에서도 몸이 큰 편이었다. 앞다리 쪽의 근육은 특히 대단했다. 하지만 의사가 보자마자 "말랐구나"라고 말할 만큼 살이 많이 빠지고 말았다. 먀타를 계속 쓰다듬으며 원고를 쓴 지 한 시간쯤 지났을까. 녀석은 갑자기 생각난 것처럼 무릎에서 내려가 주방에 있는 먹이 그릇을 향해 비틀거리며 발걸음을 옮겼다.

혹시나 하는 심정에 미리 사뒀던 새 사료 포장을 뜯어 그릇에 부어주었다. 먀타는 원래 건조 사료를 좋아했다. 그런데 병으로 식욕을 잃은 후부터는 기분 전환이라도 시킬 겸 한동안 고양이용 통조림을 줬다. 고양이들은 보통 먹이에 싫증을 잘 내니까. 먀타는 잠시 그릇에 담긴 건조 사료를 응시했다. 누가 보고 있으면 먹지 않는다는 걸 알기 때문에 다시 컴퓨터 앞으로 돌아가 원고를 쓰려는데, 주방에서

'크르릉', '컥컥' 하는 소리가 들려왔다. 마치 호랑이나 사자가 내는 소리 같았다. 코가 막힌 탓에 음식을 삼키면 맹수가 낮게 으르렁대는 것 같은 소리가 입을 통해 나오는 모양이었다. 으르렁 소리와 함께 오도독오도독 하고 사료를 깨물어 씹는 소리도 들렸다.

먀타는 지금 '생명'을 먹고 있다, 그런 생각이 들었다. 생명을 주는 음식을 자신의 병약한 몸에 열심히 공급하고 있는 것이구나 하고.

올바른 생활을 위한
본연의 자세

그날 밤 먀타는 여러 번 기침을 했고 그때마다 나는 눈을 떴다. 단순한 감기가 아니라 기관지와 폐에 심각한 염증이 일어났을 가능성이 있다는 의사의 말을 듣기라도 한 것인지 먀타는 전보다 더더욱 괴로워하는 것처럼 보였다.

나는 '상황을 보는 관점'에 대해 곰곰이 생각했다. 같은 상황을 보고 있어도 보는 사람에 따라 그 눈에 비치는 상황은 천차만별일 것이다. 아마도 먀타는 몇 주 전부터 매일

밤 콜록콜록 기침을 했을 것이다. 단지 내가 눈치채지 못했을 뿐.

나는 기쥬타 때와 똑같은 실수를 저지르고 있는 게 아닐까? 먀타를 보며 처음엔 그저 가벼운 감기 증상이라고 생각했다. 아니, 실은 심상치 않은 분위기를 눈치채는 것이 무서웠는지도 모른다. 그래서 똑바로 보려고 하지 않았다. 그랬던 게 분명하다. 내 상황을 감당하는 것만으로도 힘에 벅차서 고양이까지 병에 걸렸다는 사실을 인식하고 싶지 않았던 것이다. 아무리 사소하더라도 기만은 무서운 일이다. 무조건 스스로를 보호하려고만 하면 냉정한 판단이 불가능해진다. 결국 자신보다 약한 누군가에게 상처를 입히고 만다.

다음 날 오전 7시에 일어나 서둘러 일을 마무리했다. 이번 달 안에 써야 할 분량은 전부 끝마친 것이다. 먀타는 여전히 괴로운 숨소리를 내며 하루 온종일 잠을 잤지만, 그러다 가끔 일어나 열심히 밥을 먹었다. 원래는 덩치에 비해 적게 먹는 고양이였다. 그런데 그날은 평소보다 두 배는 더 많이 먹는 듯했다. 예전에 시라토 산페이의 만화 〈카무이

전〉에서 이런 내용을 본 적이 있다.

야생 늑대는 상처를 입으면 그늘 속에 몸을 숨긴 채 마치 죽은 것처럼 며칠 내내 먹지도 않고 움직이지도 않는다. 그러다 상처가 아물 때부터 무서운 기세로 사냥을 해 사냥감을 마구 먹어치운다.

인간이 동물에게 배울 수 있는 점은 바로 이런 것이다. 먀타가 다시 기운을 차릴 수 있을지 어떨지는 아무도 모른다. 하지만 녀석은 고양이의 신이 "이제 그 정도면 되었단다. 이쪽으로 오렴" 하고 부를 때까지 끝끝내 싸우고 또 싸울 것이다. 사람도 그래야 한다.

솔직히 말해 작년부터 내 기분은 몹시 엉망이었다. 지난 연말, 열심히 써서 기다리고 기다리던 책 출간이 무산되었다. 게다가 함께 일하던 잡지사 두 곳이 휴간했고, 그중 한 곳으로부터 일방적인 연재 중단 통보를 받았다. 마치 "넌 이제 필요 없어"라는 말을 들은 것 같아 기가 죽고 말았다. 나를 해고한 편집자가 "녀석은 이미 한물간 글쟁이야"라고 떠들고 다닌다는 소문까지 돌았다.

이렇게 어려운 상황들이 반복되면서 나는 이미 상당히 지쳐 있었다. 세상에 신물이 났다는 표현이 맞을 것이다. 나카지마 미유키의 어느 노래 가사처럼 현실에 안주하는 사람들이 어려움과 맞서 싸우는 사람을 보고 비웃는 것이 너무나 당연해졌다. 하지만 한탄만 한다고 해서 달라지는 건 없다. 부딪치지 않고 포기하면 어떻게 방법을 찾겠는가. 나는 맹수 같은 삶을 살고 싶다. 상처를 입었다면 아물 때까지 마음을 쉬게 하고, 원하는 것이 있다면 전력으로 쟁취하는 그런 삶을 꿈꾼다.

괴로운 숨을 몰아쉬며 잠이 든 내 친구를 보며 생각했다. 먀타, 나는 너처럼 살고 싶다.

이사하자마자 새집에서 한 장 찰칵.
신기하게도 사진만 찍으면 약속이나 한 것처럼
기쥬타가 왼쪽, 먀타가 오른쪽에 있었다.

개운해진 기분으로 동물병원 문을 나섰다.

길었다. 열 번의 통원, 약 10주간의 투병 생활이었다.

기분 탓일까, 한결 얌전해진 먀타가 실린 가방을 어깨에 메고

자전거 페달을 밟았다. 흩날리는 벚꽃 잎 사이를 달렸다.

생각해보면 딱 1년 전, 죽은 기쥬타를 안고 만개한 벚꽃 아래를 지나

화장터로 향했었다. "분명히 기쥬가 널 지켜 준 거야" 하고 먀타에게 말을 건넸다.

기쥬는 다정한 고양이였으니까, 바보 같은 주인 옆에 더 머물러야 한다고

너에게 부탁한 게 분명해. 살아 있기만 하면 반드시 좋은 일이 생긴다.

이제 세상에 없는 기쥬의 일도 추억할 수 있다.

겨울이 지나면 반드시 봄이 오듯이.

네가 내게 얼마나 큰 존재인지

고양이의 이름을 짓는 일이 얼마나 어려운 문제인지는 영국의 시인 T. S. 엘리엇이 이와 관련한 시를 썼다는 것만으로도 충분히 알 수 있다. 하지만 내 생각에는 고양이에게 약 먹이는 일도 결코 만만치 않은 것 같다.

먼저 고양이가 움직이지 못하게 한 손으로 머리를 꽉 잡고, 다른 손의 중지와 엄지로 힘껏 입을 벌려야 한다. 입안에는 송곳니가 뾰족하게 돋아 있기 때문에 방심하면 손가락에 상처를 입고 만다. 이제 혀 안쪽에 알약을 쏙 밀어넣을 차례다. 너무 깊숙이 넣으면 기관지로 넘어가니 주의가 필요하다.

어떤 책에는 '고양이의 주둥이를 다물게 하고 목을 부드럽게 간질이면 약을 삼킵니다'라고 쓰여 있기도 했지만 먀타에게는 통하지 않았다. 있는 힘껏 입과 코를 눌러도 거의 질식할 지경까지 버티며 할퀴는 바람에 내 손의 상처는 아물 날이 없었고, 약을 삼켰나 싶으면 도로 토해냈다.

그때문에 먀타의 병세는 3월 들어서 더 심해졌다.

그날도 나는 아침 일찍 병원을 찾았다. 바로 전주에 받은 약이 효과가 있는지 밥은 곧잘 먹고 있었다. 그래서 차도가 있는 줄 알고 안심했는데 어젯밤부터 갑자기 상태가 악화되고 말았다. 변명처럼 들릴지도 모르지만 내가 먀타에게 무관심했던 것도, 상황을 낙관적으로 보려고 한 것도 아니었다. 그저 먀타의 지나친 식욕이 약해진 몸을 회복하려는 본능에서 나왔다고 믿고 싶었던 거다. 하지만 또다시 기침이 시작됐고 숨을 쉴 때마다 힘들어하는 모습을 보였다. 일주일 정도 항생제와 스테로이드제 복용을 중단했더니 증상이 다시 나타난 것이다. 원장 선생님은 청진기로 진찰을 해본 뒤 폐 소리도 썩 좋지 않다고 했다.

"생각보다 만성기관지염이 상당히 진행된 것 같군요."

선생님이 말했다. 물론 첫 검사 때와 마찬가지로 악성 종양일 가능성을 무시할 수는 없다고 했다. 그리고 고양이는 폐와 부비동에 종양이 생기면 수술로 제거하기가 거의 불가능하다는 말도 했다. 고양이라는 동물은 사람에 비해 굉장히 작은 동물이기 때문이다.

오래 먹어도 안전한 항생제로 바꾸고 한동안 투약을 계속하기로 했다. 일주일 치 약이 약 4,000엔. 진료비와 엑스레이 촬영비에만 이미 3만 엔 이상을 썼다. 고양이는 의료보험이 적용되지 않으니 당연하다. 그래도 이만하면 싼 편이다.

작년 3월 기쥬타가 죽었을 때 화장과 매장 비용으로 5만 엔 정도가 들었다. 비싼 비용이었지만 한편으로는 지저분한 새끼고양이였던 기쥬가 마지막 가는 길만큼은 제대로 된 대우를 받았다고 생각하니 조금 위로가 되었다. 밥 딜런의 〈네가 얼마나 큰 존재인지You're A Big Girl Now〉라는 노래처럼, 11년 반이라는 시간과 함께 녀석들은 내게 무척 큰 존재가 되었다.

행복이란 분명 이런 것

약을 처방받고 선생님께 감사 인사를 했다. "이제 집에 갈까?" 하고 먀타가 실려 있는 가방을 멘 뒤 자전거에 올라 탔다. 봄이 코앞으로 다가왔는지 지금처럼 늦은 아침시간 에는 날씨가 제법 따뜻했다. 다음 주쯤이면 핸들을 잡을 때 장갑을 낄 필요도 없겠다.

언덕길을 내려가면서 또 고양이의 신에 대해 생각했다. 병원 대기실 벽에 붙은 '개, 고양이와 사람의 나이 비교표' 를 봤더니 먀타는 사람의 나이로 따지면 대략 60세 정도였 다. 더 오래 살아줬으면 싶었다.

12년 전 아버지는 예순이 넘어 돌아가셨다. 아직까지 살 아계시다면 무슨 일을 하고 어떤 즐거움을 누리셨을지 상 상해봤다. 아버지가 돌아가셨지만 별다른 미련은 없었다. 비록 우리 부자가 썩 좋은 사이는 아니었지만 아버지가 돌 아가시기 전에는 그동안 미뤄왔던 많은 대화를 나눴고 또 서로를 이해했기 때문이다.

하지만 아버지와 다시 만나게 된다면 그때와 다른 이야 기를 나눌 것이고 서로를 더 사려 깊게 헤아릴 수 있을 것 같았다. 3월은 아버지가 돌아가신 달이기도 하다. 이제 곧 기일이 돌아오겠지. 벌써 13년이나 지났다. 시간이 참 빠 르기도 하다.

이틀이 더 지났다. 먀타의 기침과 코막힘이 나아지지 않아 아침 일찍 병원에 데리고 갔다. 오늘 새벽에는 줄곧 눈을 뜬 채 쌕쌕거리며 괴로운 숨만 몰아쉬었다. 안아들었더니 맥없이 늘어졌다. 기분 탓인지 먀타의 몸이 뜨거웠다. 아무래도 열이 있는 것 같았다. 병원이 문을 여는 9시가 되자마자 자전거를 타고 달려갔다. 하늘은 맑고 쌀쌀한 바람이 부는 아침이었다.

의사는 먀타를 보더니 열이 난 게 맞다고 했다. 약한 항생제로 처방을 바꾼 시기가 너무 일렀던 모양이다. 전에 먹던 약을 다시 받았다. 집으로 돌아온 뒤에도 먀타는 상태가 썩 좋아 보이지 않았다. 야옹거리기도 하고 불안정한 발걸음으로 이리저리 돌아다니기도 하다가 열을 식히려는 듯 맨바닥에 드러누웠다. 저녁이 되어서야 겨우 밥을 먹었고 약 효과가 나타나는지 웅크리고 잠이 들었다. 나는 그날 조깅을 하지 않았다.

기쥬타는 작년 3월 31일 세상을 떠났다. 형제지간이어도 기쥬는 날 때부터 몸이 약했고 먀타와는 성격부터 체질까지 완전히 달랐지만 3월이라는 달이 다가오니 괜히 불안한 마음이 들었다. 3월이 무사히 지나가기만 바랄 뿐이었다. 나는 전문가도 아니고 이렇다 할 근거도 없었지만, 기관지에 관련된 병이니 봄이 오고 날이 따뜻해지면 나아지지 않을까 하는 기대를 걸었다.

먀타는 소파에서 몸을 동그랗게 말고 자고 있었다. 여전히 코가 막히는지 코골이 비슷한 소리가 들려왔지만 아침보다는 훨씬 숨쉬기가 편한 듯했다. 그 소리를 들으며 올해 1월부터 쓰기 시작한 블로그 일기에 이렇게 덧붙였다.

이 글을 읽고 계신 여러분 중에 고양이를 좋아하는 분이 있다면 먀타가 나을 수 있게 기도해주세요. 그 대신 저 역시 모두의 건강과 행복을 위해 기도하겠습니다. 부탁드립니다.

다음 날, 먀타를 걱정한 사람들에게서 열 통이 넘는 메일이 왔다. 고맙고 놀라웠다. 내가 쓴 특별할 것 없는 문장 한 줄에 마음이 움직인 누군가가 본 적도 없는 작은 동물을 위해 이렇게 편지를 보내다니……. 모두의 기도 덕분일까. 오늘의 먀타는 어제보다 훨씬 좋아 보였다. 이렇게 많은 사람들이 걱정해주다니 우리는 참 행복한 고양이와 주인이다.

블로그 독자 중 한 분이 '기도의 효과'에 관한 이야기를 해주었다. 그녀는 내 일기를 보고 처음으로 이메일을 보내준 사람이고 지금 스페인에 살고 있다. 이럴 때 내가 인터넷으로 연결된 세상을 살고 있구나 하는 실감이 든다. 멀리 있는 그녀의 말을 빌리자면 한 자원봉사자가 어느 환자 그룹의 병이 낫기를 바라는 마음으로 기도를 했더니 환자들의 회복률이 높아졌다는 통계 결과가 나왔다고 한다. 그러고 보니 미국에서는 암 환자에게 암 덩어리가 점점 작아지는 모습을 상상하며 꾸준히 그리게 하니, 실제로 몇몇 환자들이 차도를 보이기도 했다는 이야기를 들은 적이 있는 것 같다.

사소한 일이 언제나
우리를 위로한다

먀타는 종일 소파에서 웅크린 채 잠이 들었다. 숨을 쉴 때 배가 조금 불규칙하게 오르락내리락하지만 코에서 들리던 답답한 소리는 한결 나아졌다. 괴로워 보이지는 않아서 다행이었다. 실제로 나아지고 있는 건지 아니면 약으로 증상을 억누르고 있을 뿐인지는 알 수 없었지만.

하지만 지켜본다고 해서 달라질 것은 없었다. 그래서 평소의 생활로 돌아가기로 마음먹었다. 이런 때야말로 평범하게 지내야 한다. 이건 병약했던 기쥬타와 살면서 배운 점이다. 주인이 우물쭈물하면서 속만 끓이고 있어 봐야 아무 의미도 없을뿐더러 혹시 무슨 일이 생기면 대응만 늦어진다. 이렇게 중심을 잡지 못하는 상황에서는 정작 중요한 시기에 틀린 판단을 하게 된다.

오랜만에 조깅을 하러 나갔다. 밖은 몹시 따뜻했다. 90분을 쉼 없이 내달리고 나니 이마의 굵은 땀방울이 얼굴을 타고 똑 떨어졌다. 겨울에 간간이 찾아오던 따뜻한 날씨가 아니라 정말 봄이 오고 있구나 하고 실감했다.

집으로 돌아와서 바짝 집중해 원고를 썼다. 먀타에 대한 걱정과 오랜만의 운동으로 쌓인 피로감을 누르고 어쩔 수 없이 컴퓨터 앞에 앉았는데도 의외로 글이 술술 풀렸다. 여러 가지로 힘들었던 날들이 반복된 다음이라 그런지 쓸데없는 힘이 빠져서 오히려 릴랙스할 수 있었던 것 같다.

그날 밤 소파에서 자고 있는 먀타의 머리를 쓰다듬으며 "다 네 덕분이야" 하고 말을 건네니 녀석이 딱 봐도 성가시고 귀찮은 듯한 얼굴로 "당연하지"라고 대답했다(그런 기분이 들었다).

3월 31일. 오늘은 기쥬타가 죽은 지 1년째 되는 날이다. 오전 8시에 일어나 피트니스 클럽에 다녀왔다. 마음을 다 잡은 뒤 오후가 되자 성묘를 갔다.

신주쿠 역에서 오다큐센 열차를 타고 가와사키 끝에 위치한 공원묘지로 들어갔다. 동물을 좋아하는 사람들이 모이는 장소라 그런지 입구에는 고양이가 늘 여러 마리 있었다. 검은 고양이, 회색 고양이, 줄무늬 고양이, 삼색 고양이……. 햇볕을 쬐며 졸기도 하고 털 손질도 하는 모습들은 하나같이 행복해 보였다.

기쥬의 묘는 높직한 언덕 위에 있었다. 고양이 성묘 방식은 사람의 성묘 방식과 크게 다르지 않다. 향과 꽃을 사고, 물을 담은 작은 양동이를 손에 들고 가파른 계단을 올라갔다. 왕벚나무는 아직이지만 겹벚나무와 고히칸*은 꽃이 거의 피어 있었다.

"기쥬, 나 왔어" 하고 인사한 뒤 향을 피웠다. 무덤 앞에

---

* 붉은색 꽃이 피는 벚나무 품종

꽃을 내려놓고 조그마한 묘비에 물을 뿌려주었다. "혼자라 쓸쓸하니? 나도 쓸쓸하긴 마찬가지니까 봐주라"라고 말하며 조용히 손을 모았다.

언덕 경사면 전체에 미니어처같이 작은 묘비와 비석들이 늘어서 있었다. 사람의 죽음은 감당하기 버거운 경우가 대부분이지만, 개나 고양이 같은 동물의 죽음은 어쩐지 애틋하고 따스하게 느껴진다. 살며시 안아주고 싶은 기분이 들 정도로.

사료를 가져올까 생각했지만 어차피 까마귀 먹이가 될 것이었으므로 가져오지 않았다. 그런데 주변을 둘러보니 여기저기 고양이용 통조림이 놓여 있었다. 그래, 통조림 뚜껑을 따지 않고 묘비 앞에 그냥 올려두면 되는 거였는데. 아니면 입구에서 본 고양이들에게 나눠줄 수도 있었을 텐데 싶어 조금 후회했다. 그런 나를 보며 기쥬타가 "여전하네?" 그렇게 말하고 웃는 것 같은 기분이 들었다.

돌아오는 열차 안에서 지난 1년을 떠올렸다. 10년을 같이 살았던 내 고양이는 죽었는데 나는 변함없이 살아 있다. 하루하루 흐르는 시간을 소중히 여기자고 다짐했다.

기쥬타의 성묘를 마치고 돌아온 뒤 약 이틀간, 왠지 집 안이 평소와 다르다는 느낌이 들었다. 세탁한 옷들을 침실에 있는 옷장에 집어넣으려 하다가 누가 있는 것 같아 "어, 먀타. 침대에서 자?" 하고 이불을 걷어봤지만 아무도 없었다. 먀타는 거실에 있었다. 요즘 먀타가 자주 있는 소파 옆에 히터를 놓아뒀으니 줄곧 그쪽에 있었을 터였다. 왜 그런 착각을 했을까? 그러고 보니 어젯밤에도 지금처럼 이불을 들춰봤었다.

어쩌면 기쥬가 돌아온 건 아닐까. 귀신 같은 건 믿지 않지만 고양이 유령은 있을 수도 있다는 생각이 들었다. 특히나 그 아이는 어설픈 고양이였으니까 성묘 온 나를 보고 집까지 따라왔을 수도 있다. 아마 2, 3일은 내 주변에서 이리저리 서성이지 않을까? 그렇게 생각하니 마음 한켠이 따뜻해졌다.

눈이 녹으면 반드시
봄이 찾아오니까

기쥬가 돌아온 듯한 기분이 들어서일까. 다음 날 먀타를 데리고 병원에 갔는데 그새 체중이 조금 늘었다. 선생님은 청진기를 가슴에 대보더니 처음으로 "많이 좋아졌군요"라고 했다. 2주 전부터 이틀에 한 번꼴로 먹던 스테로이드제를 완전히 끊고 항생제와 코막힘 약만 복용하고 있었다. 하지만 여전히 군데군데 털이 빠져 있어서 새 털이 다 날 때까지는 안심하기 이른 상황이었다. 먀타는 벼룩이나 진드기 때문에 피부병에 걸리는 일이 거의 없었다. 기쥬가 피부병을 심하게 앓을 때도 먀타는 멀쩡했다. 그런데 그런 먀타의 털이 빠진 걸 보면 스트레스가 상당했던 것 같다.

약을 조제해주는 쪽은 보통 여자 선생님이다. 여자 선생님은 이날 내게 약 먹이는 방법을 알려줬다. 나는 그동안 한 손으로 고양이의 입을 크게 벌리고 다른 손을 사용해 약을 넣되, 목구멍 가장 깊숙한 곳까지 밀어 넣으면 안 되는 줄로만 알았는데 여자 선생님은 꼭 그렇지만은 않다고 했다. 의식이 흐려진 상태의 고양이는 약이 기관지로 넘어가기도 하지만 대부분의 경우 식도로 잘 삼키기 때문에 너무 걱정하지 않아도 된다는 것이었다. 다만 스테로이드제를 끊은 만큼 앞으로 일주일 동안은 각별히 신경 써서 지켜보라고 내게 단단히 주의를 줬다.

오늘로 병원을 방문한 횟수가 아홉 번이었다. 두 달이 지났다.

4월이 시작되고 벌써 열흘이 흘렀다. 그날은 일요일이었다. 평일에는 9시에 병원 문이 열리지만 휴일은 10시부터라서 오전에 한 시간 정도 피트니스 센터에서 운동을 했다. 오늘의 진찰 결과에 따라 병원 치료를 그만둘 수도 있으리라. 그런 기대를 품고 머신 앞에 앉아 바벨을 들었다. 토요일은 오전 진료만 가능하다. 마트에 들러 식료품을 사고 급히 돌아오니 11시였다. 먀타를 가방 안에 싣고 자전거에 올라탔다. 먀타는 지지난주 병원에 갈 때보다 지난주에 더 크게 울었고, 지난주보다 오늘 훨씬 더 큰 소리로 울었다. 나는 그걸 먀타가 건강해진 증거라고 생각했다.

평소처럼 체온과 체중을 재고 청진기로 폐 소리를 들어보았다. 묘한 표정을 지은 원장 선생님이 고개를 들더니 "이제 괜찮아졌군요" 하고 빙긋 웃었다. "폐에서 나던 이상한 소리는 완전히 사라졌습니다"라고 했다. 이걸로 투약은 끝이다. 앞으로도 신경 써서 지켜보되 기침만 하지 않으면 안심해도 좋다는 진단을 받았다.

개운해진 기분으로 동물병원 문을 나섰다. 길었다. 열 번의 통원, 약 10주간의 투병 생활이었다.

기분 탓일까, 한결 얌전해진 먀타가 실린 가방을 어깨에 메고 자전거 페달을 밟았다. 흩날리는 벚꽃 잎 사이를 달렸다. 생각해보면 딱 1년 전, 죽은 기쥬타를 안고 만개한 벚꽃 아래를 지나 화장터로 향했었다.

"분명히 기쥬가 널 지켜준 거야" 하고 먀타에게 말을 건넸다.

기쥬는 다정한 고양이였으니까, 바보 같은 주인 옆에 더 머물러야 한다고 너에게 부탁한 게 분명해. 슬프지만 기쥬는 죽었어. 하지만 우리는 살아 있어. 그렇지?

살아 있기만 하면 반드시 좋은 일이 생긴다. 이제 세상에 없는 기쥬의 일도 추억할 수 있다. 겨울이 지나면 반드시 봄이 오듯이. 그런 생각을 하며 꽃보라가 어지럽게 날리는 언덕길을 내려갔다.

머리에 비해 귀가 크고 언제나 멀뚱한 표정이었던 기쥬.
영화 〈그렘린〉의 기즈모를 닮았다.

"주변 환경이 크게 달라지거나 하진 않았나요?" 선생님이 물었다.

"10년간 함께 살았던 형제 고양이가 작년 3월에 죽었어요."

"사이가 좋았어요?"

"네, 굉장히 좋았어요. 겨울만 되면 서로 끌어안고 잘 정도였어요."

"그 이유 때문인지도 모르겠네요."

그녀가 말하길 고양이를 여러 마리 키우는 경우, 어느 한 고양이가 죽었을 때

남은 아이가 느끼는 상실감은 반년은 지나야 드러난다고 했다.

먀타가 기침을 시작한 때를 떠올려보니 기쥬타 없이 혼자 보낸 첫 겨울,

시기가 딱 맞아떨어졌다. "동생이 죽은 후부터 어리광이 부쩍 늘었어요" 하고

말하자 듣고 있던 그녀가 먀타를 쓰다듬었다.

"그동안 주인에게 응석 부리고 싶은 걸 많이 참았나 봐요."

시간은 조용히 쉬지 않고 흘러가고

기대가 무너졌다.

만개한 벚꽃이 눈보라처럼 흩날리던 그날로부터 2주일이 지난 오전 10시, 나는 다시 자전거에 올라타 먀타와 함께 동물병원으로 향하고 있었다.

이번 주 들어 먀타는 다시 기침을 시작했고 어젯밤부터는 증상이 더욱 심해졌다. 오늘 아침에는 결국 콧물까지 훌쩍거렸다. 이제 괜찮겠지 하고 방심했거나 안심했던 건 절대 아니다. 2주일 전에 선생님이 "폐에서 들리던 불길한 소리가 사라졌군요"라고 말은 했지만 스트레스성 탈모는 그 후에도 별다른 차도가 보이지 않았다. 오히려 부쩍 신경질을 부리며 제 몸 여기저기를 깨물기까지 했다. 그러니 마냥 방심하고 있을 수만은 없는 노릇이었다.

진료를 마친 원장 선생님이 "이 아이는 약을 계속 먹어야 할지도 모릅니다"라는 말을 꺼냈을 때 또다시 우울해질 수밖에 없었다. 하지만 내 기분은 둘째 문제다. 곧 장마가 시작되고 그게 끝나면 무더위가 닥쳐온다. 여름을 무사히 보내려면 뭘 해야 할지부터 생각해야 했다. 우선 청소업체에 전화해 에어컨 청소를 부탁했다.

지난 2주 동안 쭉 그랬지만 먀타는 병원에 검사하러 가던 그날따라 유독 안절부절못했다. 컨디션이 좋아 보이지 않았다. 볼일을 보는 것도 아니면서 화장실 모래를 파헤치기 일쑤였고, 야옹야옹 울면서 계속 나를 불렀다. 병원에 다녀온 뒤부터 약을 먹였다. 거의 2주 만이었다. 먀타는 방 안을 배회하며 소파 위로 오르내리기를 반복했다. 그러다가 두 시간 만에 쓰러져 기절하듯 잠에 빠졌다. 나는 일단 원고 집필을 마무리하기로 했다.

먀타의 투병일기 두 번째 시즌이 시작되었다.

삶에 스민
참 좋은 순간에 대하여

다시 주 1회씩 통원하며 치료를 받았다. 일주일이 지난 오늘 아침, 늘 그랬듯이 "먀아, 먀아" 하고 우는 먀타를 이동가방에 넣고 마운틴 바이크에 탔다. 오가는 사람의 절반은 반팔 티셔츠 차림이었다. 공기가 차가웠던 2월 어느 날의 오후, 먀타의 무게가 의식되어 긴장한 상태로 언덕길을 내려갔던 일이 마치 먼 옛날 일 같았다.

먀타의 투병 생활은 계속되었다. 수의사의 말로는 투약을 다시 시작한 뒤 폐에서 나던 소리가 많이 좋아졌다고 했다. "역시 항생제를 끊으면 안 되겠군요"라는 말도 덧붙였다. 그래도 스테로이드제의 양은 반으로 줄었다. 다음 주에는 이틀에 한 번꼴로 상태를 확인하기로 했다.

대기실에 나이 든 시바견 한 마리가 있었다. 주인은 "우리 애는 고양이와 함께 키워서 그런지 고양이를 참 좋아해요"라고 이야기해줬다. 개는 먀타가 들어 있는 가방 안을 계속 들여다보았다. 그 눈길이 어찌나 다정하게 느껴지던지 보는 내가 기분이 좋아질 정도였다. 신기하게도 먀타 역

111

시 개와 만난 적이 거의 없는데도 녀석을 무서워하지 않았다. 쭈뼛거리긴 했지만 개를 마주 바라보았다. 그 모습이 마치 어린 시절에 봤던 디즈니 만화영화 속의 한 장면 같았다. 개와 고양이 사이는 언제부터 이렇게 좋아진 걸까?

내가 초등학교에 들어가기 전, '코로'라는 이름의 개를 집에서 키운 적이 있었다. 네 살 위인 형이 친구 집에서 데려온 개였다. 에스키모견의 피가 섞인 코로는 어린 내가 보기에도 몹시 긍지 높은 녀석이었다. 코로가 아직 강아지였던 시절의 어느 날, 옆집 아주머니가 얼굴이 사색이 된 채 큰일이 났다며 우리 집으로 뛰어들어왔다. 뒷집에서 키우는 개와 코로가 싸움이 났다는 것이었다. 놀란 나는 어머니와 형과 함께 바로 달려나갔다.

뒷집에는 테리어 두 마리가 살았다. 요즘 사람들이 많이 키우는 요크셔테리어가 아니라, 그보다 훨씬 큰 종의 개였다. 자칫하면 코로가 죽을 수도 있었다. 그런데 막상 가보니 테리어 두 마리가 입에서 피를 철철 흘리고 있는 게 아닌가. 아주머니의 말로는 코로가 개들에게 공격을 당하면서도 빈틈을 노려 녀석들의 혀를 물어뜯었다는 것이다. 어머니는 옆집 아주머니에게 죄송하다며 연신 고개를 숙였지만, 저녁에 돌아와 자초지종을 들은 아버지는 은근히 좋아하는 눈치셨다. 주무시기 전에 항상 마시는 위스키를 홀짝이시다 취기가 돌자, 어머니의 눈치를 보고 있는 코로의 머리를 쓰다듬으며 "넌 대단한 녀석이야, 참 대단한 개야" 하고 거듭 말씀하셨다. 나도 같은 생각이었다.

코로는 힘이 셌다. 그래서 그때의 나는 리드줄을 잡고 코로와 산책을 하지 못했다. 내가 초등학교 고학년이 되어 비로소 같이 밖으로 나갈 수 있었을 때, 코로는 관록이 넘치는 개가 되어 있었다. 보통 개들은 산책할 때 다른 개와 마주치면 서로 짖어대는데, 이때 주인들이 억지로 목줄을 당기며 말려야 싸움이 나지 않는다. 하지만 코로는 시끄럽게 짖고 위협하는 개를 만나도 흘끗 보기만 할 뿐 신경도 안 쓰고 자기 갈 길만 갔다. 그 모습이 마치 '쯧쯧, 젊다고 허세 부리긴'이라고 하는 것 같아서 자랑스러웠다.

코로는 내가 중학교 2학년이 되었을 무렵 죽었다. 심장 사상충에 감염돼 복수가 차오르는 상태에 이르고도 살기 위해 열심히 발버둥친 코로였지만 결국 나이는 어쩔 수 없었다. 공원묘지에 잠들어 있는 기쥬타의 바로 옆이 코로의 자리다. 코로는 훌륭한 녀석이니까 기쥬를 동생처럼 잘 지켜주고 있지 않을까 상상해봤다.

나는 매일 컴퓨터 바탕화면에 있는 기쥬를 만났다. 지금 사는 집으로 이사한 직후에 찍은 사진이었다. 방 안에 종이 박스가 널브러져 있고 침대도 조립하기 전이라 녀석들과 내가 소파에서 함께 잤던 그 시절, 사진 속의 기쥬는 그때의 소파 위에서 가지런히 발을 모은 채, 등을 쭉 펴고 카메라를 보고 있었다. 이제 두 번 다시 돌아오지 않을 순간의 기억이다.

이토록 완전한 고양이

5월이 되었다. 투병을 시작한 지 3개월이 지났다. 일주일에 한 번씩 병원을 찾는 일도 제법 익숙해졌다. 요즘은 날씨가 좋아서 마타를 실은 가방을 메고 자전거를 타기가 전보다 덜 힘들어졌다. 그리고 또 하나 깨달은 것은 세상에는 고양이를 좋아하는 사람이 생각보다 많다는 것이었다. 가방 속의 마타는 "우냐옹! 우냐아앙!" 하고 쉴 새 없이 울었다. 그런데 장을 보고 돌아가던 동네 아주머니들이 그 소리를 들었나 보다. 그중 한 아주머니가 "어?" 하고 주위를 두리번거렸다. 하지만 어디서도 고양이의 모습을 찾을 수 없었을 것이다. 설마 자전거 탄 남자가 메고 있는 가방 안에서 들리는 소리라고는 상상도 하지 못했을 테니까.

"저기, 방금 무슨 소리 안 들렸어?", "들었어. 어디서 우는 소리지?" 같은 말을 주고받던 아주머니들은 결국 먀타를 발견하고는 "세상에!" 하고 깜짝 놀랐다.

"고양이네요! 무슨 일이에요?"

"잠깐 병원에 다녀오는 길이에요."

"저런, 아픈가 보네. 가엽기도 하지."

그렇게 가던 길을 잠시 멈추고 그들과 대화를 했다. 어린 아이와 함께 다니면 이런 사람 저런 사람이 말을 건다더니 고양이도 마찬가지였다. 동물병원 대기실에서도 고양이 주인끼리 모여서 "그 집 고양이는 어디가 아파요?", "아이고! 그거 큰일이네" 같은 이야기를 나누곤 했다. 내가 다니던 병원만 그런지는 몰라도 고양이를 키우는 사람은 대개 노년이나 중년 부인인 경우가 많았다. 고양이 서너 마리가 주인과 함께 진찰을 기다리는 모습은 마치 고양이 애호가

의 살롱에 모인 부인들이 여자들만의 비밀 이야기를 즐기
는 광경 같았다.

병원에 모인 여자들 사이에서 먀타는 의외로 인기가 좋
았다. 동생인 기쥬타와 다르게 붙임성도 없고 늘 도도하게
구는 녀석이지만, 가방에서 고개만 쏙 내밀어도 "어머나,
귀엽기도 해라", "예쁘게 생긴 아이네요" 하는 칭찬이 쏟아
졌다. 개중에는 "어! 〈고양이의 기분〉이란 잡지에 모델로
나온 아이 맞죠?"라며 스타 취급을 하는 사람까지 있어서
"아니에요, 그냥 잡종인데……" 하고 당황한 적도 있다.

부모의 눈, 아니 주인의 눈으로 볼 때 먀타는 절대 잘생
긴 고양이가 아니었다. 일단 얼굴만 봐도 눈과 눈 사이가
너무 멀다. 디자인적으로도 검은색과 흰색의 얼룩무늬가
딱히 세련되게 어우러진 것은 아니다. 무엇보다도 언제나
미간을 찌푸린 듯 뾰루퉁한 얼굴을 하고 있다. 귀염성이라
고는 눈을 씻고 찾아봐도 없다. 그런데 동물병원에 다니면
서부터 다른 고양이들을 자주 만나다 보니 한 가지 알게 된
사실이 있다. 먀타의 검은 털은 마치 칠흑 같다고나 할까,
정말 나무랄 데 없이 새까맣고 또 흰 털은 눈부시게 하얗
다. 잡종 고양이치고 털 길이도 제법 길고 보드랍다. 그런

점이 우아하게 여겨졌나 보다. 주인 눈에는 한없이 건방진 태도지만 다른 사람들은 좋게 봐주는 것 같았다.

그날도 그랬다. 먀타를 이동가방에 싣고 동물병원에 데려가니 먼저 온 미니어처 닥스훈트가 진찰을 받고 있었다. 가방에서 얼굴만 내밀고 "먀, 먀아" 우는 먀타를 쓰다듬으며 기다리는데, 나이가 지긋한 중년 부인 한 분이 바구니 모양의 가방을 들고 와 내 옆에 앉았다. 그 부인은 도통 울음을 그치지 않는 먀타를 보며 "어머, 예쁘기도 하지"라고 말을 걸었다. 그녀의 가방 안에는 품종도 없는 길고양이 출신인 먀타와 달리 유서 깊은 히말라얀 고양이가 앉아 있었는데, 딱 보기에도 힘이 없는 듯했다. 울지도 움직이지도 않고 허공을 응시하고 있었다. 주인 얘기를 들어보니 그 고양이의 나이는 열여섯 살이었다. 신장이 안 좋아서 먹이를 아무리 먹어도 영양분이 몸에 흡수되지 못하고 소변을 통해 배출된다고 했다. 나이가 나이인 만큼 회복하기 어려울 수도 있다고 그녀는 말했다.

"하루가 다르게 기운을 잃어가는 모습을 그저 지켜볼 수밖에 없다는 게 괴로워요."

히말라얀 고양이는 꼼짝도 하지 않았다. 몸이 아파서일까, 무언가를 보고 있는 걸까. 어느 쪽이든 그 눈동자에는 어떤 깨달음의 흔적이 깃들여 있는 듯 보였다. 마치 철학자처럼.

먀타보다 병이 깊은 아이를 보니 안타까운 한편, 먀타는 운이 좋은 편이라는 생각을 했다. 치료비 부담이 크지 않아서 더 그런 마음이 들었던 것 같다. 먀타는 기관지염을 앓고 있었으므로 아직은 강한 항생제와 스테로이드제, 코막힘 완화제만 처방받을 뿐이라 큰돈이 들지 않았다.

어느 날은 당뇨병을 앓고 있는 고양이를 만나기도 했다. 나와 비슷한 또래의 부부가 데리고 온 그 삼색 고양이는 먀타와 비슷한 나이였다. 부부와 함께 살아오며 오랜 시간을 공유한 아이 같았다. 털색을 보니 암컷이고—세 가지 색이 섞인 털을 가진 고양이는 염색체 구조상 수컷으로 태어날 확률이 3만분의 1이라고 한다—작고 얌전했다. 시도 때도 없이 울어 대는 먀타와는 완전히 딴판이었다.

당뇨병에 걸리면 정기적으로 인슐린 주사를 맞아야 한다. 창문 너머로 진찰실에서 치료받는 모습을 지켜보니 어찌나 의젓하던지 목덜미에 주사를 놓는데도 전혀 무서워하지 않았다. 여자 선생님 말로는 고양이란 자기 몸에 어떤 약물을 투여하는지 잘 아는 동물이라나. "주사를 맞으면 몸이 한결 나아지는 걸 아니까 얌전히 있는 거예요." 그녀는 그렇게 말했다.

이따금 곤란한
고양이 집사의 하루

익숙해졌다고는 해도 6킬로그램 무게의 고양이가 든 가방을 메고 자전거를 타기란 여전히 힘든 일이다. 병을 치료하려고 병원에 갔는데 돌아오는 길에 넘어져 혹시 먀타가 다치기라도 하면 어쩌나 하는 생각에 늘 신경이 곤두서 있었다. 그래서일까, 나는 점점 예민해져가고 있었다.

우리 집 주변에는 차 한 대가 아슬아슬하게 지나다닐 만큼 좁은 길이 많다. 우회전할지 좌회전할지를 길 끝까지 와서 생각하는 아주머니나 가던 도중에 멈춰 서서 지도를 펼쳐보는 택배 운전기사를 만나면 '빨리 아무 데로나 가버려, 멍청이들!' 하고 나도 모르게 속으로 욕설을 퍼부었다. 먀타만 데리고 있지 않다면 차 옆으로 빠져나갔겠지만 만에 하나를 위해 상대가 판단을 마칠 때까지 뒤에서 기다렸다. 산악자전거는 보통 자전거에 비해 안장의 높이가 높다. 앉았을 때 발끝이 지면에 아슬아슬하게 닿는 정도라 고양이가 든 무거운 가방을 멘 채로 계속 멈춰 서 있는 건 여간 불편한 일이 아니었다.

그 일이 일어났던 날, 나와 먀타는 평소처럼 무사히 집 앞에 도착했다. 아파트 주차장으로 들어가려는데 마침 낯익은 택배 직원이 배송용 밴 차량을 세우고 있었다. 입구 쪽이라 비좁긴 했지만 뒤에 오는 차가 옆으로 지나갈 수 있을 정도는 되었다. 거기까지는 좋았다. 밴이 주차를 마치면 움직이려고 기다리던 바로 그때 택시가 내 뒤로 차를 바짝 몰아붙였다. 조금 전부터 택시가 뒤따라오고 있는 걸 알긴 했지만 나는 속도를 낼 수 없었다.

뒤에서 경적 소리가 들렸다. '그렇게 재촉해봤자 택배 차가 완전히 멈춰 서야 커브를 돌 수 있다고.' 그런 생각을 하자마자 다시 "빵빵" 소리가 들려왔다. '거참 시끄럽네, 지금 간다고!'라고 마음속으로 중얼거리기 무섭게 택시는 또 빵빵거렸다. 그 순간 겨우 붙잡고 있던 이성의 끈이 끊어지고 말았다.

"뭐야, 당신! 아까부터 뭐 하는 거야!"

나는 냅다 소리를 지르며 택시를 향해 달려갔다. 친절해 보이는 남자 운전기사가 깜짝 놀라 눈을 크게 떴다. 나는 운전석 쪽 열린 창문에 대고 삿대질을 하며 따졌다.

"지금 움직이려고 한 거 못 봤어? 당신 눈은 장식으로 달고 다니는 거야? 아니면 머리가 그냥 장식이야? 그럴 거면 택시 운전 때려치워!"

기사는 잔뜩 겁에 질린 표정이었다. 당연하다. 앞에서 휘적휘적 페달을 밟으며 가던 남자가 갑자기 자전거를 팽개치고 자길 향해 달려들었으니 말이다. 게다가 남자가 멘 가방에서는 정체 모를 짐승이 "우냥! 우냐앙!" 하고 끊임없이 울어 댔다.

어지간히 당황했던 모양인지 운전기사는 "죄송합니다, 정말 죄송합니다" 하고 사과하고는 곧장 사라졌다.

나는 나쁜 짓만 골라서 하고 있었다. 어느 날 저녁에는 길을 지나다가 우연히 지폐로 두둑한 지갑 하나를 주웠다. 이런 경우 보통 주인에게 돌려주면 10퍼센트의 사례금을 받는다. 전에 지갑을 찾아준 경험도 몇 번 있었다. 하지만 그렇게 되기까지는 경찰서에서 산더미 같은 서류를 작성

하고 주인에게 연락이 올 때까지 기다려야 했다. 잃어버린 사람이 주운 사람에게 확인 도장을 받아야만 분실물을 돌려받을 수 있기 때문이다. 귀찮기 그지없는 일이다. 그래서 나는 가까운 파출소로 들어가 지갑을 던져두고 도망가버렸다. 다들 순찰을 나갔는지 마침 안이 텅텅 비어 있었다.

완벽하지는 않더라도 나름대로 바르게 사는 사람이 되려고 노력해왔었다. 하지만 인생이란 생각대로 흘러가지 않는 법인가 보다. 덧붙여 그날의 별자리 운세는 '엉뚱한 곳에서 근거 없는 나쁜 소문을 퍼트리는 사람이 나타난다'였다. 음, 자업자득이다.

네가 있어
다행이야

6월, 비의 계절이 왔다. 집에서 병원까지는 자전거로 약 10분 거리다. 걸어가면 시간이 두 배 이상 걸린다. 그만한 거리를 6킬로그램 무게의 고양이와 함께 걸어간다는 건 생각하기도 싫었다. 여전히 현관에서 한 발자국만 나가도 울기 시작하는 먀타가 받을 스트레스를 생각해서라도 그러고 싶지 않았다. 게다가 우리 집은 외진 곳에 있어서 가장 가까운 역까지 걸어가려면 넉넉잡아 30분쯤 걸린다. 비라도 오게 되면 시간은 더 길어진다. 역 앞까지 식료품을 사러 가는 일만 해도 만만치 않다. 자전거 없이는 움직일 엄두조차 나지 않는다. 이럴 때는—한 1년에 두 번 정도—아아, 차가 있으면 좋을 텐데 하는 마음이 든다. 일반 승용차든 대형 오토바이든 일단 운전은 할 수 있지만 마지막으로 핸들을 잡은 게 벌써 몇 년 전이다. 면허증은 신분증으로 바뀐 지 오래다.

그날은 하루 전부터 내내 비가 왔다. 오후에는 취재가 있어 집을 비워야 했으므로 혹시나 아침까지 비가 그치지 않으면 동물병원에 갈 수가 없었다. 퍼뜩 눈을 뜨니 오전 7시였다. 허겁지겁 일어나 침실의 블라인드를 걷자, 아니나 다를까 비가 억수같이 쏟아지고 있었다. 큰일났다. 가랑비도 아니고 이래서는 절대 나갈 수가 없다.

4월 중순에 또다시 병이 악화되면서 마타는 스테로이드제를 계속 복용해왔다. 하루에 한 알 먹던 스테로이드제를 반 알로, 그다음에는 반 알을 이틀에 한 번 먹으며 조금씩 천천히 줄여나갔다. 별 문제 없겠지 하면서도 지금 이 상태에서 이틀 이상 약을 먹지 않으면 원래의 심각한 상태로 되돌아가는 건 아닌가 걱정이 들었다.

뒤늦게 후회했다. 어제 의사에게 전화로 사정을 설명하고 나 혼자 가서 약을 타 올 수도 있었을 텐데. 오늘 약속 전까지 마무리해야 하는 원고에 쫓기느라 그런 생각은 하지도 못했다. 일단 취재를 다녀올 준비를 했다. 벽장에서 카메라를 꺼낸 뒤 배터리를 확인하고, 테이프 레코드와 자료 등을 챙기고 있는데 어쩐지 창밖이 아까보다 밝아진 것 같았다. 혹시나 하는 생각에 베란다로 나가 보니 빗줄기가 눈에 띄게 약해져 있었다. 그 정도면 자전거로 움직일 수 있을 것 같았다. 적어도 고양이가 쫄딱 젖을 염려는 없었다.

바로 지금이었다. 돌아오자마자 바로 다시 나갈 수 있도록 준비를 한 뒤, 이동가방을 보고 놀란 토끼처럼 침대 밑으로 도망친 먀타를 끄집어내어 함께 동물병원으로 향했다. 8시 45분, 집 밖으로 나오니 비는 완전히 멎어 있었다. 9시 정각에 도착해 늘 하던 대로 체온을 쟀고, 곧 원장 선생님이 청진기로 폐 소리를 진단하기 시작했다. 그러던 중 인큐베이터 앞에 서 있는 여자 선생님이 왼손에 조그만 동물을 쥐고 우유를 먹이는 모습이 눈에 들어왔다. 처음에는 새인 줄 알았는데 다시 보니 고양이였다.

갓 눈을 뜬 새끼고양이는 병아리처럼 털이 보송보송했고 머리는 빨간 무처럼 작았다. "이 애는 태어난 지 얼마나 됐어요?" 하고 물으니 그녀는 "2, 3주 정도 됐어요. 지금 키워줄 사람을 찾는 중이에요"라고 대답했다. 의사 손에 들려 다시 인큐베이터의 투명한 케이스 안으로 들어간 새끼고양이는 아직 다리가 약한 탓인지 비틀비틀 걷다가 바닥에 납작 엎드려 누웠다. 문득 옛날 일이 떠올랐다. 먀타도, 죽은 기쥬도 처음에는 저만한 크기에다 영양실조 때문에 눈곱투성이였다. 새삼 두 녀석이 참 잘 커줬구나 하는 생각이 드는 순간이었다.

이번 주부터 먀타는 스테로이드제를 이틀에 한 번씩, 4분의 1알을 먹게 되었다. 약을 받을 때 여자 선생님으로부터 이 단계만 잘 지나면 50퍼센트의 확률로 약을 완전히 끊을 수도 있다는 말을 들었다. 약의 양이 줄어든 대신 더 신경 써서 복용시키라는 주의도 받았다.

이렇게 약에 대한 설명을 듣고 있는데 젊은 여자 한 명이 동물 없이 혼자 병원 안으로 들어왔다. 무슨 일일까 싶어서 유심히 지켜보니, 그녀는 진찰실에 들어가 새끼고양이가 있는 인큐베이터 쪽을 기웃거리다 핸드폰으로 사진을 몇 장 찍었다. 아무래도 새끼고양이에게 새 가족이 생길 모양이다.

틀림없이
행복할 거니까

6월도 절반이 지났다. 먀타의 병세에 약간 차도가 있어 통원치료 횟수가 일주일에 한 번에서 2주일에 한 번으로 줄었다. 그날은 오전 9시가 넘어 느지막이 일어나 일 관련 비디오를 보거나 취재한 내용을 원고로 옮기며 시간을 보내다가 오후 진료 시작 시간인 3시쯤에 병원으로 출발했다. 여름처럼 더운 날씨였다. 처음으로 겉옷 없이 티셔츠에 청바지만 걸치고 나와 자전거에 올라탔다. 기침이 멎지 않는 먀타를 데리고 처음 이 길을 지났을 때가 아마 2월 초였던 것 같다. 당시 나는 매우 절망적인 기분에 사로잡혀 있었다. 그때는 이동가방 안에 큰 목욕타월을 채워 넣어 추위를 막았다. 나는 다운재킷을 입고 있었고 장갑도 꼈다.
"먀타, 우린 꽤 오랫동안 함께 힘내고 있는 거야."

언덕길을 올라가던 나는 소리 내서 말했다.

오늘은 원장 선생님이 부재중이라 여자 선생님만 있었다. 다른 아픈 동물들이 없어서 치료가 끝난 뒤 평소보다 여유 있게 이야기를 나누었다.

2월부터 치료를 시작했고 다소 차도는 있었지만, 먀타가 오랫동안 먹던 항생제를 부작용이 적은 다른 종류로 바꾸려다가 증상이 악화되어 숨이 끊어질 뻔한 적이 있었다. 그래서 원래 먹던 약을 그대로 복용하기로 하고 스테로이드제도 처방받게 되었다. 그 후로 조금씩 약의 양을 줄여나갔다. 4월 10일, 폐에서 나는 이상한 소리가 완전히 사라졌고 치료가 다 끝난 줄 알았지만 약을 전부 끊은 뒤 약 일주일 후부터 다시 기침이 시작됐다.

그로부터 또 2개월이 지났다. 다시 약의 양을 조절해가며 여기까지 왔다. 수의사들도 앞으로의 먀타의 상태에 대해 신중하게 생각하고 진찰했다. 한심하게 들리겠지만 그 와중에 나는 판단이 잘 서지 않았다. 언뜻 보기에 먀타는 건강한 것 같았지만 물을 마실 때 가끔씩 켁켁거렸다. 사레가 들려서 그런 건지 아니면 기관지에 염증이 남아서 그런 건지 알 수가 없었다.

하지만 의사는 동물이란 원래 그런 존재라고 했다. 그들은 말을 할 수 없고 자기의 증상을 전달할 수 없기 때문에 사람들과의 사이에 벽이 생길 수밖에 없다고 말이다. 그 부분을 알아주는 것이 인간이 할 일이라고 말해주었다. 동물의 건강은 수의사 혼자만의 책임이 아니라 주인과의 공동 책임이라고.

"주변 환경이 크게 달라지거나 하진 않았나요?" 여자 선생님이 물었다.

"없긴 한데······" 하고 대답하다가 갑자기 그 기억이 떠올랐다.

"10년간 함께 산 형제 고양이가 작년 3월에 죽었어요."

"사이가 좋았어요?"

"네, 굉장히 좋았어요. 겨울만 되면 서로 끌어안고 잘 정도였어요."

"그 이유 때문인지도 모르겠네요."

그녀가 말하길 고양이를 여러 마리 키우는 경우, 어느 한 고양이가 죽었을 때 남은 고양이가 느끼는 상실감은 반년 이상 지나야 겉으로 드러난다고 했다. 먀타가 기침을 시작했을 때를 떠올려보니 기쥬타 없이 혼자 보낸 첫 겨울, 작년 연말쯤이었다. 시기가 딱 맞아떨어진다.

"독립심 강하고 도도한 고양이였는데 동생이 죽은 후부터 어리광이 부쩍 늘었어요" 하고 말하자 듣고 있던 그녀가 마타를 쓰다듬었다.

"그동안 주인에게 응석 부리고 싶은 걸 많이 참았나 봐요."

일단 오늘부터 항생제를 끊고 스테로이드제는 아주 적은 양만 투여하며 상태를 지켜보기로 하고 진료를 마쳤다.

약을 타려고 기다리고 있는데, 50대 정도 되는 중년 부인이 꽃을 들고 조용히 들어와 여자 선생님에게 뭐라고 속닥였다. "언제요?" 하고 여의사가 묻자 그녀는 "어젯밤 늦게요"라고 대답했다. "관에 넣었던 꽃인데 여기에도 장식해주고 싶어서요." 부인이 말했다.

나는 이동가방 안에 손을 집어넣고 마타의 머리를 쓰다듬었다. 병원을 나가 아스팔트 길을 걸어가는 부인의 뒷모습이 창 너머로 내다보였다.

동물병원 대기실에서 예쁘다는 말을 곧잘 들었던 먀타.
고양이를 좋아하는 중년 부인들에게 특히 인기였다.

어린 시절 감기에 걸려 혼자 방에 누워 있으면 뭐라 말할 수 없는 외로움이

엄습해오곤 했다. 그러면 나는 어머니를 찾아 잠옷 바람으로 주방에 달려갔었다.

나는 먀타의 뒤를 따라 침실로 들어가 함께 침대에 누웠다.

등을 쓰다듬으며 부드러운 털에 코를 문질렀다.

"빨리 건강해지자." 귓가에 대고 속삭이자 처음 들어보는 애처로운 목소리로

"야옹" 하는 대답이 돌아왔다. "너는 강한 고양이잖아"라고 말하니

다시 "야옹" 하고 가냘프게 울었다. 먀타의 눈은 텅 비어 있었다.

많이 힘들어 보였다.

누군가를 책임지고 돌본다는 것

꿈에 기쥬타가 나왔다.

나는 전차역으로 가서 막차를 타고 가와사키에 있는 옛날 집으로 돌아갔다. 그 집은 이미 10년도 더 전에 철거되어 지금은 남아 있지 않지만, 꿈에 자주 나타난다. 어째서인지 꿈속 시간은 늘 밤 아니면 새벽이다.

집 안이 쥐 죽은 듯 조용하다. 가족들이 없는 걸까 아니면 자고 있는 걸까. 매번 드는 생각이지만 꿈에서 보는 옛날 집은 마치 이승과 저승 사이의 틈새 같다.

목이 말랐다. 물을 마시려고 주방으로 갔더니 등 뒤의 열린 문에서 소리 없이 고양이가 걸어 나왔다. 기쥬겠구나 싶어 돌아보았다. 녀석은 생전에 늘 그랬던 것처럼 고개를 숙이고 어깨를 으쓱이며, 마치 바닥을 킁킁거리는 듯한 모습으로 내 발치까지 다가왔다.

나는 "착하게 잘 지냈어?" 하고 물으며 머리를 만져줬다. 기쥬는 간지러웠는지 귀 뒤를 앞발로 문질렀다.

'서두르지 않으면 곧 사라질 거야.'

문득 그런 생각이 들어 기쥬를 끌어안으려 했다. 그러자 녀석의 까만 털에서 검정이 스르르 빠져나가 투명해지더니 기쥬는 곧 연기처럼 사라졌다. 잠에서 깬 후에도 기쥬를 쓰다듬었던 내 왼손에는 부드러운 털의 감촉이 생생하게 남아 있었다.

그 여름,
행복했던 기억

그해 여름은 비교적 평온하게 지나갔다. 7월이 되자마자 먀타가 갑자기 또 코가 막히고 기침을 시작한 점을 빼고는 말이다. 3일 동안 무기력하게 아무것도 먹지 않아 걱정이 이만저만이 아니었다. 6월 들어 눈에 띄게 상태가 호전

되어 스테로이드제 양을 줄였던 게 성급한 판단이었던 것 같다고 원장 선생님이 말했다. 약을 원래대로 늘리자 먀타는 놀라운 기세로 회복해 고양이용 통조림을 게 눈 감추듯 먹어치웠다.

병원을 방문하는 횟수도 주 1회로 돌아갔지만 8월 들어서는 다시 2주에 한 번씩만 방문했다. 먀타는 자전거만 타면 여전히 야옹대며 울었는데, 다행히 동물병원에는 완전히 익숙해진 듯 보였다. 겨울까지만 해도 병원에 가면 가방 안에 틀어박혀 부들부들 떨더니, 이제는 다른 개나 고양이가 없으면 대기실 안을 신기한 듯이 둘러보며 돌아다녔다. 여전히 애교는 없지만 진찰대에 눕히고 몸에 청진기를 대어도 전과는 다르게 얌전히 있었다.

하지만 약을 안 먹일 수는 없었다. 그렇다고 병의 구체적 원인을 알아낸 것도 아니었다. 원장 선생님의 말로는 청진기를 대고 폐 소리를 확인하면 '이제 괜찮은가?' 싶다가도 금세 잡음이 나는 일이 반복된다고 했다.

생각할 수 있는 가능성은 여전히 두 가지였다. 기관지부터 폐에 심한 염증이 생겨서 먀타의 몸이 힘겨운 사투를 벌이고 있거나, 엑스레이로 확인이 어려운 곳에 악성 종양이

숨어 있거나 둘 중 하나일 것이다. 여자 선생님은 "기관지가 약한 아이들 중에는 1년이 넘도록 낫지 않는 경우가 있어요. 그런가 하면 암이라도 스테로이드제 치료를 계속해 1년 혹은 2년 넘게 사는 고양이도 있고요"라고 말했다.

어느 쪽이든 먀타는 겉으로 보기에는 멀쩡한 고양이였다. 기쥬타와 함께 살 때처럼 높은 곳에 올라가거나 방 안을 뛰어다니거나 하는 일은 없었지만. 그래도 내가 컴퓨터 앞에 앉아 원고를 쓰면 어디선가 어슬렁어슬렁 나타나 바닥에 발라당 누워 배를 보여줬다. 꼭 "여기 좀 긁어봐"라고 말하는 것처럼 말이다.

6월에는 털이 군데군데 빠져 있었는데 한여름이 되자 다시 풍성해졌다. 폭신한 털을 빗어주니 녀석은 만족스러운 듯 목을 울렸고, 앞발을 휘두르며 장난도 쳤다. 몇 년 만에 찾아온 시원한 여름이었다. 운이 좋았다.

세탁한 뒤 잘 말린 시트를 침대에 깔면 먀타가 항상 뛰어들어 방해를 했다. 녀석은 깨끗한 것을 좋아했다. 특히 갓세탁한 하얗고 깨끗한 시트를 좋아했다. 침대 정리가 끝나면 기를 쓰고 올라와 침대 한가운데를 점령했다. 그것도 모자라 손발을 쭉 뻗어 몸을 큰 대(大) 자로 만들었다. 주인도 그 옆에 누워 오후의 선선한 바람을 만끽하며 함께 낮잠을 잤다. 먀타의 배에 얼굴을 묻자 햇볕 냄새가 났다. 가장 행복했던 여름이었다.

아픔을 마주하는 자세

최근 몇 년간 날씨를 보면 가을을 구분 짓기가 참 애매해졌다. 9월에 한여름 같은 날씨가 계속되고 10월에도 집 안에서는 반팔 티셔츠 차림으로 지내도 그럭저럭 괜찮았으니 말이다. 여름의 잔향이 영원히 지속될 것 같던 나날들이 그렇게 흘러갔다. 그러다 돌연 가을이 찾아왔다.

취재가 있어서 아침에 나갔다 저녁에 돌아오니 평소처럼 내 발소리를 알아들은 먀타가 현관까지 마중 나와 있었다. 녀석은 접이식 칸막이를 잡고 일어서서 "먀, 먀아" 하고 계속 울었다. 얼마 전 지바의 한 동물원에서 두 발로 일어서는 레서판다 '후우타 군'이 화제가 된 일이 있었다. 나는 먀타를 보고 "우와, 너도 설 수 있는 거야? 인기 스타가 되겠는데?"라고 농담을 했다.

그런데 문득 먀타의 까만 코가 이상할 정도로 축축하게

느껴졌다. 콧물인가 하고 티슈로 닦아주고는 크게 신경 쓰지 않았다.

그 후로 일주일이 지났다. 달력을 보니 9월 중순이었다. 날씨가 급격히 추워지기 시작했다. 나는 집에서는 여전히 반팔 차림으로 원고를 썼지만 밤이 되면 한기가 느껴져 반바지 대신 긴 트레이닝 바지를 입었다. 그래도 추우면 조끼를 걸쳤다.

먀타의 코막힘 증상이 다시 시작됐다. 지난주부터 가끔 콧물을 흘리더니 이번 주에는 쌕쌕거리는 숨소리가 들리기 시작했다. 그날은 아침 내내 침대에 틀어박혀 잠만 자고 있었다. 아무것도 입에 대려 하지 않았다. 잠깐 일어났을 때 고양이용 통조림을 3분의 1 정도 먹었지만 금방 토해버렸다.

선뜻 판단이 서지 않았다. 통원은 2주에 한 번이고 약은 아직 4일 치가 남아 있었다. 치료는 의사가 하지만 결단은 주인의 몫이었다. 일단 쉬게 하고 체력이 회복되기를 기다릴까, 아니면 무리해서라도 병원에 데리고 가 약이든 주사든 조치를 받는 쪽이 좋을까. 다음 날은 취재 약속이 잡혀 있었다. 그나마 다행인 건 오전에 시작해 오후 1시에는 끝날 예정이라 3시부터인 오후 진료 시간에는 맞출 수 있었다. 우선은 먀타가 자게 내버려뒀다.

다음 날 2시가 넘어서 허겁지겁 돌아왔다. 평소처럼 현관까지 마중을 나온 먀타의 모습에 마음이 놓였지만, 자세히 보니 콧물을 흘리고 있었고 눈에는 눈물까지 고여 있었다. 사료를 주니 제법 잘 먹었다. 30분 정도 쉰 후 "그럼 가볼까" 하고 먀타를 가방에 실어 동물병원으로 향했다. 녀석은 여전히 병원 오가는 길이 익숙하지 않은지 야옹대며 울었다.

원장 선생님이 부재중이라 여자 선생님 혼자였다. 진료를 기다리는 다른 동물들이 없어서 앞으로의 치료 방향에 대해 오랫동안 이야기를 나눴다. 먀타의 병이 시작된 지 8개월이 지났다. 진료 차트를 펼치니 족히 2미터는 되어 보였다. 전반적으로 살펴본 결과, 초봄과 장마처럼 기온이 오락가락하는 시기만 되면 체력이 뚝 떨어지는 모양이었다. 그녀는 "겨울이 되고 날씨가 완전히 추워지면 증상이 안정될 수도 있겠네요"라고 했다. 일단 일주일 동안은 약의 양을 늘리기로 했다. 항생제와 코막힘 약에 기관지염 약을 추가했다. 하루 걸러 먹던 스테로이드제를 다시 매일 먹게 되었다.

해가 저물고 나면
비로소 보이는 것들

약이 효과가 있었는지 먀타는 곧 사료와 고양이용 통조림을 먹기 시작했다. 그래도 코막힘은 여전했다. 한쪽 코가 완전히 막힌 듯 '휴우휴우' 하는 소리가 들렸다. 코의 상태는 점점 나빠졌다. 방을 돌아다니거나 바닥에 누워 뒹굴며 등을 긁어달라고 보챌 때도 과호흡이 일어난 것처럼 짧고 빠르게 숨을 몰아쉬었다. 깊은 잠이 들어서야 겨우 호흡이 편안해졌다. 아마도 코가 막혀 생각만큼 공기가 들어오지 않는 탓에 의식적으로 숨을 여러 번 들이마시는 모양이었다. 그만큼 스트레스가 상당할 것이다.

이제 어떻게 해야 할까. 병원에 데리고 가 약을 바꾸는 방법이 있긴 했다. 요새는 스테로이드제를 하루에 반 알씩 먹지만 이보다 증상이 심했을 때는 한 알씩 먹기도 했다. 지금처럼 효과는 약하지만 내성이 생길 염려가 적은 항생제 대신, 약효가 빠르고 강한 쪽으로 처방받아도 될 것 같았다. 하지만 일단 식욕이 돌아왔으니 체력 보충이 먼저였다. 다행히 먀타는 내가 "그렇게 먹어도 괜찮아?"라고 할 정도로 무서운 기세로 사료를 씹어 삼켰다.

밖은 태풍의 영향으로 비가 내리고 있었다. 겨울이 되어 날씨가 완전히 추워지는 게 차라리 나을 수도 있다던 의사의 말을 떠올렸다. 기온이 불안정한 계절이 빨리 지나가기를 바랄 뿐이었다.

다음 날, 오랜만에 날이 맑게 갰다. 9시에 일어나 오전 진료시간에 맞춰 먀타와 병원에 갔다. 약은 금요일까지 먹을 만큼 있었지만 코막힘이 전혀 차도가 없었고, 목요일은 병원 휴일이라 이틀 앞당겨 방문했다. 원장 선생님은 청진기를 들고 평소보다 더 신경을 기울여 폐에서 들리는 소리를 확인했다. 전부터 나던 잡음은 여전했지만 딱히 악화된 것은 아니었다. 코막힘 증상도 심각하게 걱정할 필요는 없다고 했다. 문제는 코막힘으로 인한 스트레스였다. 지난주와 마찬가지로 눈에 넣는 안약 같은 액상 타입의 코약도 함께 처방받았다. 선생님은 틈나는 대로 약을 코에 넣어주라고 말했다. 하지만 먀타는 약을 넣으려고 하면 진저리를 쳤다. 사람도 코에 물이 들어가면 괴로운데 고양이는 오죽할까. 몸부림치는 녀석 덕분에 내 팔이 상처투성이가 되었다.

그래서일까, 기쥬가 살아 있던 때의 기억이 자주 떠올랐다. 녀석은 심각한 변비에 시달렸으므로 배를 마사지해서 변을 밀어내줘야만 했다. 기쥬는 매번 나를 할퀴었고 내 팔은 자해라도 한 것처럼 상처로 가득했다. 모두 지금 사는 집으로 이사하기 전의 일이었다.

여전히 그때가 그립다. 아파트 규정상 동물을 기르면 안 되는 데다가 손바닥만 한 비좁은 곳이라 고양이도 사람도 답답하게 지냈지만 인생에서 가장 행복한 순간이었다. 문득 '행복이란 그것이 지나간 다음에야 비로소 알게 되는 것이구나'라는 생각이 들었다. 그걸로 된 거다. 인생은 원래 그런 법이니까.

가는 길이 비록
험할지라도

먀타의 왕성한 식욕은 잠시뿐이었다. 다음 날은 또 하루 종일 아무것도 입에 대지 않았다. 계속 잠만 자다 딱 두 번 주방을 찾았다. 싱크대를 쳐다보기에 위로 올려줬더니 수도꼭지에서 나오는 물을 아주 조금 마신 뒤 느릿느릿 침대로 돌아갔다. 어제까지의 식욕은 대체 뭐였을까? 감이 잡히지 않았다. 약은 그대로고 어제 병원에서 진료를 받았을 때까지만 해도 아무 문제없다고 했는데.

'시간이 지나면 곧 괜찮아지겠지'라는 생각으로 저녁에는 피트니스 센터에 갔다. 하지만 운동을 시작한 뒤에 걱정을 떨칠 수 없어 바로 집으로 돌아왔다. 내가 돌아올 때면 늘 먀타가 현관까지 달려왔는데 그날은 아니었다. 기쥬타가 죽은 후 처음 있는 일이었다.

먀타를 찾아보니 침대 밑에 있었다. 녀석은 나를 마주 바라보았다. 안아서 침대에 눕히고 돌아오는 길에 마트에서 산 음식들을 주방 냉장고에 넣었다. 잠시 후 먀타가 비척대며 걸어나왔다. 오래전 여자 선생님에게 "잘 먹지를 못해요"라고 상담했더니 고양이용 통조림을 사람의 체온 정도로 따뜻하게 데워서 냄새를 피우면 관심을 가지는 경우도 있다고 했다. 그 생각이 나서 통조림을 20초 정도 전자레인지에 데운 뒤 건네봤지만 여전히 먹지 않았다. 먀타는 나를 슬쩍 보더니 다시 비척대며 침대를 향해 가버렸다.

불안한 걸까 아니면 쓸쓸한 걸까.

어린 시절 감기에 걸려 혼자 방에 누워 있으면 뭐라 말할 수 없는 외로움이 엄습해오곤 했다. 그러면 나는 어머니를 찾아 잠옷 바람으로 주방에 달려갔었다. 나는 먀타의 뒤를 따라 침실로 들어가 함께 침대에 누웠다. 등을 쓰다듬으며 부드러운 털에 코를 문질렀다.

"빨리 건강해지자." 귓가에 대고 속삭이자 처음 들어보는 애처로운 목소리로 "야옹" 하는 대답이 돌아왔다.

"너는 강한 고양이잖아"라고 말하니 다시 "야옹" 하고 가냘프게 울었다.

먀타의 눈은 텅 비어 있었다.

작업실로 돌아가 이메일을 썼다. 내가 소중하게 생각하는 사람에게 보내는 중요한 메일이었다. 하지만 잘 써지지 않았다. 어떻게 써도 그저 피상적으로 느껴질 뿐이었다. 이런 밤이면 나는 대체 뭘 위해 글을 써온 걸까 하는 회의가 들었다.

다음 날도 먀타는 음식에 입을 대지 않았다. 딱 한 번, 싱크대에서 물을 마신 뒤 계속 웅크리고 잠을 잤다. 내일도 이런 상태면 병원에서 상담을 받는 수밖에 없다. 주인이 아무리 걱정해도 고양이의 병은 낫지 않는다. 당연한 이야기다. 그런 중요한 사실을 나는 잊고 있었다.

아침에 눈을 뜨니 피곤이 풀리지 않은 탓에 몸이 무거웠다. 일단 조깅을 건너뛰기로 했다. 달리기를 하거나 피트니스 센터에 다니는 건 딱히 몸을 단련하기 위해서만은 아니었다. 조깅하는 자체가 즐겁기도 했고, 나이가 들어 약해진 근육을 활성화시키면 정신적으로도 안정이 찾아오기 때문이었다.

달려도 개운해지지 않을 것 같다면 뛸 이유가 없다. 지칠 뿐이니까. 게다가 월말이라 슬슬 월간지 마감 날짜가 다가오고 있었다. 오전 7시부터 컴퓨터 앞에 앉았지만 밤에 충분히 자지 못한 탓에 집중이 잘 되지 않았다. 중간에 잠깐 눈을 붙였다가 일어나도 마찬가지였다.

먀타는 여전히 아무것도 먹지 않았다. 벌써 3일째다. 침대에 누운 채 꼼짝도 하지 않았다.

오후 늦게 은행에 볼일이 있어 자전거를 타고 역으로 갔다. 돌아오는 길에 문득 생각이 나 동물병원 앞으로 갔다. 5시가 넘으면 벌써 어둑어둑해지는 계절이 왔다는 걸 비로소 느꼈다. 어느새 가을이 깊어졌다. 길을 사이에 두고 아스팔트 도로에 선 채 병원을 들여다보니 대기실 불은 꺼진 채였다. 진료를 기다리는 동물이 없는 모양이었다. 여자 선생님은 약을 조제하는지 혼자서 무언가를 하고 있었다.

일단 상담부터 받아보자는 생각이 들었다. 여의사는 내가 먀타와 함께가 아닌 혼자 들어오는 것을 보고 조금 놀란 얼굴을 했다.

"무슨 일이세요?"

"먀타가 밥을 먹질 않아서요."

"얼마나 됐어요?"

"오늘로 3일째입니다."

그 말을 들은 의사는 곰곰이 생각하더니 "별로 좋지 않은 상태로군요"라고 대답했다. 고양이는 3일만 굶어도 간 기능이 손상되고 만다는 것이었다.

"지금 데리고 올 수 있나요?"

"꼼짝도 안 하고 자고 있는데 깨워도 될까요?"

"고양이는 원래 그러니까 괜찮아요."

오후 6시가 조금 넘어서 집에 도착했다. 밖은 이미 깜깜했다. 어둠을 헤치고 동물병원으로 향하는 게 몇 달 만인지 모르겠다. 어느새 계절은 바뀌어 있었다. 집과 병원을 오가며 치료를 받기 시작했을 무렵인 겨울이 또다시 다가오고 있음을 느끼며 힘껏 페달을 밟았다. 먀타는 가방 속에서 야옹야옹 울었다. 우는 것을 보니 아직 기운이 남아 있는 건 아닐까 하는 생각이 들었다.

다시 병원으로 돌아가니 벌써 6시 반이었다. 진찰시간
은 7시까지다. 원장 선생님은 아픈 동물들이 더 이상 오지
않을 줄 알고 벗어 뒀던 흰 가운을 다시 꺼내 입으며 걸어
나왔다.

"어떻게 오셨어요?"

"도우라 씨의 고양이 먀타가 밥을 먹지 않는대요."

두 사람은 목소리를 낮추고 이야기를 나눴다. 기분 탓일
까? 원장 선생님의 표정에 불안한 기색이 스쳐지나갔다.
처음 있는 일이었다.

"혈액 검사와 엑스레이 촬영을 해보죠."

올해 초, 그러니까 처음 병원에 왔던 날부터 지금까지 먀
타가 만성 기관지염을 앓고 있는 것인지 아니면 폐에 종양
이 생긴 것인지는 확실하게 밝혀지지 않았다. 여자 선생님
은 혈액 검사를 시작했고 나는 엑스레이 촬영 결과를 기다
리면서 원장 선생님의 설명을 들었다. 그는 "식욕이 이렇
게까지 떨어졌다면 종양이 커졌을 가능성이 높습니다"라
고 말했다.

하지만 혈액 검사를 통해 확인한 칼슘 수치를 보니 종양

일 확률은 희박했다. 엑스레이 사진에는 작지만 또렷한 흰 그림자가 여전히 눈에 띄었다. 결국 새롭게 알게 된 사실은 하나도 없었다. 항생제와 스테로이드제의 호르몬 억제 효과가 종양의 성장을 늦추고 있을 수도 있지만 악성 종양이 확실하더라도 고양이의 경우 절제 수술을 하기 어렵다.

원장 선생님과 이런저런 이야기를 나누는 사이, 여자 선생님이 진찰대에 올라가 있는 먀타에게 입원한 고양이들이 먹는 캣푸드를 슬쩍 건넸다. 혹시나 했는데 먀타는 그것을 먹기 시작했다. 결국 먀타는 더 강한 항생제를 처방받고 귀가했다.

나는 녹초가 되고 말았다. 쓰다 만 원고를 정리하려고 했지만 도저히 무리였다. 그 대신 직접 디자인 중인 홈페이지에 쓸 파일 변환작업을 했다. 침실에서 자던 먀타가 언제 주방으로 왔는지 밥그릇 앞에 앉아 있었다. 통조림을 따서 놓아두자 몇 입 먹었다.

밤이 되자 집 안에 있어도 꽤 추웠다. 티셔츠 위에 조끼를 걸쳤다. 입으면 답답하고 벗으면 쌀쌀한 날씨였다. 먀타는 다시 내 침대로 와 계속 잠을 잤다.

다시 일어서기 위한 노력이
부디 헛되지 않기를

다음 날 새벽, 귓가에 웬 남자가 중얼거리는 소리가 들려
얼핏 잠에서 깼다.

아직 바깥은 어두웠다. 먀타는 내 베개 옆에 웅크린 채
막힌 코로 숨을 쌕쌕 몰아쉬고 있었다. 또다시 남자의 음성
이 들렸다. 기억이 날 듯 말 듯했다. 그래, 20년 전 돌아가
신 아버지 목소리였다. 눈을 번쩍 떴다. 먀타는 코만으로는
숨쉬기가 답답한지 입으로도 숨을 들이마시고 내쉬었는
데, 그때마다 쩝쩝 입맛을 다셨다. 잠결에 그 소리를 돌아
가신 아버지 목소리로 착각한 것이다.

잠시 후 일어난 먀타는 털 고르기를 하더니 침대 위에서
훌쩍 뛰어내렸다. 뒤를 따라가 보니 밥그릇 앞에 앉아 있기
에 통조림을 따서 부어주었다. 시계를 확인하니 오전 5시.
먀타가 음식을 먹기 시작하는 모습을 보고 마음이 놓여 방
으로 돌아가 두 시간 정도 기절하듯 잠에 빠졌다.

오전 7시, 눈을 뜨니 깜짝 놀랄 만큼 맑은 가을 하늘이 창
밖으로 펼쳐져 있었다. 당장 조깅하러 나가거나 피트니스

센터에 가고 싶은 욕구를 꾹 눌러 참으며 컴퓨터 앞에 앉았다. 그저께 끝내려고 했던 원고를 벌써 3일째 붙잡고 있었다. 어떻게든 오늘 중으로 마무리하자. 지금 내가 할 수 있는 일은 원고를 마무리하는 것, 그리고 언제라도 먀타의 상태에 따라 움직일 수 있도록 준비하는 것이다.

오후에 잠깐 짬을 내 마트에 들렀다. 어제 병원에서 여자 선생님이 먀타에게 준 캣푸드를 사기 위해서였다. 내 기억으로는 '흑관'이라는 브랜드의 플레이크 타입* 제품이었다. 캔이 아니라 레토르트 식품처럼 파우치에 담겨 있었는데, 지난번 선생님이 일본식으로 조리한 플레이크 타입의 캣푸드는 향이 강해 식욕이 없는 고양이도 잘 먹는다고 말한 기억이 났다.

집에 오니 오랜만에 먀타가 현관까지 마중 나와 내 두 다리 사이로 몸을 비볐다. 흑관 파우치를 꺼내자 아직 뜯지도 않았는데 "야옹! 야옹!" 하고 울었다. 이런 반응이 대체 얼마만인지 모르겠다. 먀타는 태어나서 지금까지 건조 사료와 테린 타입**의 통조림만 먹었지 플레이크 타입에는 눈길도 주지 않았다. 포장을 뜯어서 그릇에 부어주자 코가 막힌 탓에 목 안쪽에서 그륵그륵 소리를 내며 맹수처럼 달려

들었다. 파우치 한 개를 세 번에 걸쳐 다 먹었다.

기치조지 거리에서 산 거실 의자는 우리 집에서 유일하게 바퀴가 달린 가구다. 고양이가 발톱으로 긁으면 곤란해 쿠션 없는 원목 제품으로 구입한 탓에 겨울이 되면 엉덩이가 시려서 방석이 필요했다. 그날 처음으로 벽장에서 방석을 꺼내 의자에 깔고 고정 끈으로 단단히 묶었다. 먀타는 그 위로 올라가더니 곧 웅크리고 누워 잠에 빠졌다.

깊은 밤, 조용히 잠든 먀타를 쓰다듬으며 오늘 아침 들은 소리가 정말 아버지의 목소리였다면 나에게 무슨 말을 하시려 했던 걸까 상상해보았다. 먀타에게 "너무 힘들면 이리로 오렴"이라고 했을까, 아니면 "거기서 조금만 더 힘내거라"라고 했을까.

어느 쪽이든지 간에, 더없이 상냥한 목소리였다.

---

* 재료를 얇고 작은 조각으로 나누어 섞은 종류.
** 젤라틴을 넣어 틀에 굳힌 종류.

투병 중인 2005년의 행복했던 어느 여름날
침대를 독차지한 후 의기양양해진 먀타.
갓 세탁한 시트를 참 좋아했다.

먀타의 이동가방을 안고 밖으로 나왔다. 벌써 병원을 몇 번이나 다녔는지,

횟수를 헤아리며 자전거로 언덕길을 내려갔다.

어느새 오전 11시가 조금 지나 밖은 날씨가 제법 따뜻했다.

아름답고 화창한 가을날이었다. 잔인한 계절이다.

우울한 사람에게도, 그리고 병으로 고통 받는 고양이에게도

포근한 가을 햇살은 평등하게 내려앉았다.

이제부터 주인인 내게 있어서 정말 괴로운 날들이 시작될지도 모른다.

하지만 그런 것쯤은 이 아이가 12년간 나에게 선물해준 행복에 비하면

정말 사소한 일이다. 이 마음을 소중히 간직하고 하루하루를 음미하듯 살아가자.

그게 나의 최선이었다.

예정된 시간을 걸어가다

아침에 눈을 뜨니 잠든 먀타의 모습이 제일 먼저 눈에 들어왔다. 요새는 내 베개 옆이 마음에 드는지 늘 거기서 둥글게 몸을 말고 잔다. 코막힘 때문에 여전히 숨을 쉬기 힘들어 보인다. 앞으로 우리가 얼마나 함께 잘 수 있을까 하는 생각이 들었다. 나는 이때 처음으로 먀타의 죽음을 의식했다.

자리에서 일어나 화장실에서 티슈 두 장을 가져왔다. 흘러내린 콧물이 먀타의 코끝에서 굳어 있었다. 먀타가 깨지 않도록 조심조심 손을 움직여 떼어주었다.

먀타가 아프기 시작한 지 9개월째, 나는 몇 번이나 '먀타는 날 위해 살고 있는 것이 절대 아니다'라고 스스로에게 되뇌었다. 고양이 역시 주어진 운명에 따라 산다. 그 운명이 다하면 조용히 죽음을 맞이할 뿐이다. 기쥬타도 그랬다. 나는 그 둘을 내 멋대로 데려다 키웠고, 내 멋대로 함께 지내왔다.

중요한 것은 판단을 그르치지 않는 일이다. 내가 해야 할 일만 생각하자. 먀타가 남은 시간을 편안히 보낼 수 있도록, 그리고 그 끝에 죽음이 기다리고 있더라도 평온히 눈을 감을 수 있게 최선을 다하자. 침대 밖으로 나와 옷을 갈아입었다. 먀타는 여전히 잠들어 있었다. 머리를 가만히 어루만지며 "잠깐만 뛰고 올게"라고 말한 뒤 문 밖으로 나섰다.

사랑이 단단해지는 순간

일주일만 지나면 10월도 끝이다. 슬슬 단풍이 물들고 있었다. 그래도 낙엽이 지려면 아직 멀었다. 1년 중 5월과 10월은 달리는 데 가장 좋다. 하지만 이번 달에는 열흘밖에 뛰지 못했다. 자기 관리를 제대로 하지 못했을 뿐, 먀타의 탓으로 돌리고 싶지는 않다. 11월만 되면 눈 깜짝할 사이에 낙엽이 떨어질 것이다. 그러면 공원은 마치 영화 〈해리가 샐리를 만났을 때〉의 멕 라이언과 빌리 크리스털이 함께 걸었던 센트럴 파크처럼 변한다.

날씨가 제법 쌀쌀해졌다. 15분쯤 느긋하게 걷다 보니 몸이 풀려서 슬슬 속도를 내 뛰기 시작했다. 달리면서 생각했다. 지금 가장 급한 문제는 '어떻게 해야 먀타에게 음식을 먹일 수 있을까'였다. 전날에는 마트에 가서 통조림을 샀다. 참치, 가다랑어, 전갱이 같은 어류와 소고기와 치킨 같은 고기류를 테린 타입과 플레이크 타입으로 각각 두 개씩 장바구니에 집어넣었다.

이틀 전만 해도 먀타의 식욕이 돌아온 줄 알았지만 착각이었다. 어제 아침이 되자마자 밥그릇 앞에 앉아 있는 모습을 보고 그동안 잘 먹던 흑관 캣푸드를 뜯어주었는데 먹는 시늉만 내다 말았다. 음식이 위장으로 들어가긴 했는지 모르겠다. 조금이라도 먹어야 할 텐데.

두 시간 가까이 조깅을 하고 공원 주차장 쪽으로 가다 보니 낯익은 길고양이 몇 마리가 눈에 들어왔다. 아직 날이 춥지 않아 그런지 다들 건강해 보였다. '세상에는 이렇게 많은 고양이들이 건강하게 잘 지내고 있는데 왜 하필 우리 집 고양이만 아픈 걸까?' 불쑥 그런 생각이 들었다.

그날 밤, 먀타가 숨을 쉴 때 전보다 더 괴로워하는 것 같아 작년보다 한 달 빨리 오일 히터를 꺼냈다. 지난 2월, 멈추지 않는 기침 때문에 고생하던 먀타가 히터에 딱 달라붙어 지내던 기억이 떠올라서였다. 기분 탓인지 먀타의 호흡이 한결 편안해진 것 같았다. 다음 날은 목요일, 동물병원이 쉬는 날이다. 이런 밤에는 어김없이 불안해진다.

다음 날은 아침 내내 원고만 붙들고 있었다. 먀타의 상태는 여전히 썩 좋지 못했다. 줄곧 침실에 틀어박혀 숨을 쌕쌕거리며 잠만 잤다. 먹이에는 전혀 흥미가 없어 보였다. 밥그릇 근처에는 가려고 하지도 않았다. 의사가 분명 코막힘 증상은 너무 걱정 안 해도 된다고 했지만, 주인인 내가 느끼기에는 여태까지 본 모습 중에서 제일 힘들어 보였다.

아침저녁으로 히터를 켜서 먀타가 자는 침대 옆에 두었다. 먀타는 코막힘 때문에 힘들어서 그런지 때때로 바닥으로 내려와 털썩 드러누웠다. 쌕쌕거리는 소리가 들리지 않아 숨이 멎은 줄 알고 깜짝 놀라 몇 번이나 달려갔는지 모른다. 그래도 제 스스로 싱크대까지 훌쩍 뛰어올라가 물을 마시고, 평범한 다른 고양이들처럼 머리를 탈탈 터는 모습을 보면 체력이 아주 바닥나지는 않은 모양이었다.

"세상에는 고양이가 몇 마리가 있을까? 몇천만, 아니면 몇억 마리? 하지만 나에게 너는 어떤 고양이와도 바꿀 수 없는 존재야" 하고 혼잣말을 했다.

늘 곁에 있어주는 것만으로도

진료를 받기로 한 날이 되었다. 아침 일찍 먀타를 데리고 병원으로 갔다. 코막힘은 전혀 나아지지 않았고, 식욕도 없었다. 원장 선생님은 "대체 왜일까요?" 하고 한숨 섞인 목소리로 말했다. 진료가 끝난 뒤 다시 이야기를 들었다. 이렇게 병이 오래가는 걸 보면 만성 기관지염일 확률은 낮다고 했다. 악성 종양이 폐의 점막층에서 서서히 퍼지고 있는 게 아닐까, 그래서 엑스레이로 잡아내지 못했을 가능성이 있다는 것이었다.

그나마 종양이 한 덩어리로 뭉쳐 있으면 방사선 치료를 할 수 있지만, 지금처럼 점막층에만 국한된 경우라면 이야기가 달라진다. 장기 절제수술도 불가능하다. 그렇다면 남은 방법은 연명치료뿐이다. 거창하게 들리지만 단순히 약을 늘리는 것이다. 그보다 당장 급한 문제는 아무것도 먹지 않는 것이었다. 그러면 점점 몸이 약해질 뿐만 아니라, 며칠 전 여자 선생님이 말했던 대로 간 등의 내장기관에 무리가 가므로 큰일이었다. 이런 상태가 지속되면 결국 거의 모든 장기의 기능이 손상된다고 했다.

집으로 돌아가려는데 여자 선생님이 다시 고양이 먹이 몇 가지를 가져와 먀타에게 냄새를 맡게 하고 반응을 살폈다. 병든 고양이 중에는 날생선을 잘 먹는 아이도 있다며 일부러 냉장고까지 가서 가져 왔지만 역시 거들떠보지 않았다.

먀타의 이동가방을 안고 밖으로 나왔다. 벌써 병원을 몇 번이나 다녔는지, 횟수를 헤아리며 자전거로 언덕길을 내려갔다. 어느새 오전 11시가 조금 지나 밖은 날씨가 제법 따뜻했다. 아름답고 화창한 가을날이었다. 잔인한 계절이다. 우울한 사람에게도, 그리고 병으로 고통 받는 고양이에게도 포근한 가을 햇살은 평등하게 내려앉았다.

이제부터 주인인 내게 있어서 정말 괴로운 날들이 시작

될지도 모른다. 하지만 그런 것쯤은 이 아이가 12년간 나에게 선물해준 행복에 비하면 정말 사소한 일이다. 이 마음을 소중히 간직하고 하루하루를 음미하듯 살아가자. 그게 나의 최선이었다.

　아침과 밤, 하루에 두 번씩 약을 먹였다. 먀타는 그 사이 살이 꽤 빠졌다. 어제 병원에서 재보니 6킬로그램에 가깝던 체중이 5킬로그램으로 급격히 줄고 말았다. 먀타의 여윈 몸을 붙잡고 코막힘 완화제, 항생제, 스테로이드제를 차례대로 먹였다. 약 2주 전부터 녀석은 약 먹기를 부쩍 거부하고 있었다. 그러고 보니 어제 여자 선생님이 "목에도 종양이 생겼을 수 있어요"라는 말을 했다. 먀타는 약을 꿀꺽 넘기고 나서도 웩웩 하고 토하는 시늉을 할 때가 있었다. 여의사의 말처럼 먀타는 목 부분이 약간 부어 보였다. 정말 작은 알약인데도 목구멍으로 넘어갈 때 굉장히 아픈 듯했다. 먀타는 "왜 나한테 이런 짓을 하는 거야?"라는 듯한 눈빛으로 날 응시했다. "미안, 내가 잘못했어."

　먀타를 침대에 눕힌 뒤 나는 코미디 영화 한 편을 보고 리뷰 글을 썼다. 솔직히 말해서 이럴 때 한가롭게 영화를 보고 있는 건 무척 힘들다. 하지만 일 때문이니 어쩔 수 없었다. 영화를 보고 원고를 쓰고, 점심을 먹고 또 원고를 썼다. 이런 날에도 배는 고프다. 나는 정말 쓸데없이 건강하다. 이 식욕의 10분의 1이라도 먀타에게 나눠주고 싶었다.

저녁이 되자 먀타가 비틀거리며 일어나 싱크대 쪽으로 걸어왔다. 안아서 위로 올려주고 수도꼭지를 틀었다. 어제 여자 선생님에게 먀타는 그릇에 담긴 물은 먹지 않는다고 말했더니 그런 고양이가 의외로 많다고 했다. 심지어 어떤 주인은 하루 종일 물이 졸졸 흐르도록 수도를 틀어놓기도 한다나 뭐라나. 그런데 이상하게도 그날따라 먀타는 수도 꼭지에서 나오는 물도 먹지 않았다. 코가 막혀서 마시기 힘든 것 같기도 했다. 어쩌면 좋을까. 벌써 3일째 아무것도 입에 대지 않았다.

처음으로 동물병원에 연락을 했다. 전화를 받은 여자 선생님께 바로 상황을 설명했다. "링거를 맞거나, 아니면 다른 방법이 있을까요?"라고 묻자 피하 주사로 수분을 직접 주입할 수는 있다고 했다. 일단 탈수 증상을 막으면 식욕이 돌아오는 경우도 있다는 말에 서둘러 나갈 채비를 했다. 밖에는 가는 빗방울이 내리고 있었다. 전날에 이어 또다시 동물병원으로 향했다.

수액 팩을 준비한 뒤 먀타의 등 가운데에 주삿바늘을 찔러 넣고 링거액 500cc를 조금씩 투여했다. 이런 걸 '수액치료'라고 부르는 모양이다. 다 끝난 뒤 먀타를 안아 들자 등에서 배까지 수분으로 꽉 찬 듯한 느낌이었다. 먀타는 조금 지쳐 보였지만, 이제는 다음 날까지 버틸 수 있게 되었다. 녀석은 집으로 돌아오자 계속 잠을 잤다. 주인인 내가 보기에는 먀타가 지쳐 나자빠진 것처럼 보이지는 않았다. 눈동자에 아직 빛이 살아 있었다. 녀석에게 살려는 의지가 있는 한 내가 할 수 있는 모든 일을 해주겠다고 마음먹었다.

새벽 2시에 잠들었건만 일어나 보니 여전히 동이 트기 전이었다. 나도 참 어지간하다는 생각이 들었다. 이번 달 안에 마무리해야 할 글 작업은 전날 거의 끝내놓았다. 모 업체가 의뢰한 짧은 원고 한 편만 아직 정리가 덜 돼서 마저 마무리한 뒤 이메일을 보냈다. 일단 마음이 놓였다. 이제 주인답게 먀타에게만 온 신경을 쏟을 수 있었다.

먀타가 아무것도 먹지 않은 지 벌써 며칠이 지났다. 지난번 수액을 맞긴 했지만 그 후로도 3일 내내 물조차 마시지 않았다. 하지만 먀타는 절대 포기한 게 아니다. 하루 종일 죽은 듯이 자다가도 슬그머니 일어나 화장실에 갔고 털 손질도 했다. 역시 이 녀석 안에는 아직 살려는, 살아가려고 하는 의지가 남은 것이다.

저녁에는 한 AV 제작사에서 빌린 DVD를 반환하려고 근처 택배회사 지점에 들렀다. 〈비디오메이트 DX〉라고 하는 잡지에 1980년대부터 90년대를 대표하는 AV 감독들에 대한 작가론을 연재한 지 벌써 9개월째로, 이번 달에 드디어 마무리했다. AV 잡지의 작가라는 직업은 어떤 의미에서 괴로운 일이다. 완성도가 낮고 졸작이라는 표현도 과분한 비디오라도 리뷰를 써야 하니까. 하지만 때때로 꼭 꼭 숨은 보석 같은 작품과 만난 적도 있었다. 그런 재능 있는 감독들의 대표작은 면밀히 보면서 긴 평론을 썼다.

당시 블로그에 쓴 일기를 찾아 읽어보니 '시부야에 있는 AV 제작사에서 DVD를 빌렸다. 전철역 아래에서 라면을 먹은 뒤 다카다노바바 전철역으로 가서 〈코어 매거진〉 좌담회에 참석했다' 같은 내용이 쓰여 있었다. 마치 한참 지난 옛날 일 같았다. 그때부터 먀타의 재채기가 시작되었지만 '감기인가? 하긴, 요새는 추우니까' 하고 가볍게 넘겼었는데…….그 후의 9개월은 정말이지 긴 시간이었다.

방으로 돌아와 문을 열자 거실 의자에 앉아 있던 먀타가 폴짝 뛰어내려와 비척비척 현관까지 마중 나왔다. '그렇게 몸이 아픈데도 나를 마중 나와주는 거구나.' 그런 생각을 하며 먀타를 꼭 끌어안았다. 나와 먀타 사이에는 10년을 넘게 키워온 우정이 있다. 함께 지내는 가족도 없고 친구도 거의 없는 쓸쓸한 한 남자의 상상일 뿐일지도 모른다. 하지만 그래도 좋다. 내가 먀타를 사랑하니까. 그리고 우리 사이에 있는 그 무언가를 나는 확실히 믿고 있으니까.

최소한의 희망,
그것만으로도 충분한

오랜만에 꿈을 꿨다.

저세상과 연결된 듯한 그곳—10년도 전에 허문 옛날 집—이 또 꿈에 나왔다. 부모님이 집을 비우는 바람에 2층에 있던 나는 문단속을 하려고 바쁘게 움직이고 있었다. 꿈 속의 집은 어째서인지 전통 여관이나 고급 요정 같은 건물이었다. 나는 먀타를 안은 채 창마다 미닫이 덧창을 열고 창문 잠금쇠 걸기를 반복했다. 옆집에서 중년 부부와 그 친구가 즐거운 듯 코러스 연습을 하는 소리가 들려왔다.

여름의 오제[*]를 떠오르게 하는 그리운 노래…….

2층 문단속을 모두 마치고 계단을 내려가려는 찰나, 문득 1층에 기쥬타가 있지 않을까 하는 생각이 들었다. 정말 그랬다. 기쥬는 집 남쪽 별채에 있는 선룸(sunroom)―어머니가 애지중지 보살피던 관엽식물들이 있는 곳―에서 몸을 웅크린 채 햇살을 만끽하고 있었다. 기쥬가 이렇게 확실한 형태를 갖추고 꿈에 나타난 건 처음이었다. 안고 있던 먀타를 기쥬 옆에 내려주자 두 녀석은 사이좋게 서로의 몸을 핥아주기 시작했다. '다시 만나서 다행이야' 하고 안도한 그 순간 잠에서 깼다.

깜짝 놀라 몸을 일으켰다. 기쥬가 있는 곳으로 먀타까지 가버리는 게 아닌가 싶었다. 하지만 내 생각이 틀렸다. 먀타는 멀쩡히 두 눈을 뜨고 있었다. 그러고 보니 처방받은 약을 다 먹였다. 그날은 일주일에 한 번 있는 병원 가는 날이었다. 또 자전거에 태워 병원으로 데려가려는 낌새를 눈

---

[*] 일본 후쿠시마 현과 군마 현, 니가타 현, 도치기 현을 아우르는 규모 372제곱킬로미터의 국립공원.

치챘는지 먀타는 이불 속으로 숨어 얼굴만 쏙 내밀고 나를 올려다봤다.

슬슬 나갈 채비를 하려는데 순간 이틀 동안 목욕을 안 했다는 사실이 떠올랐다. 머리도 지저분했다. 욕실에서 씻고 나와 블로그에 새 일기를 올리고, 머리도 깎았다.

오늘도 하늘은 가슴 시릴 만큼 아름답고 맑았다. 나는 먀타를 실은 이동가방을 짊어지고 자전거 페달을 밟았다. 햇살이 쨍쨍한데도 핸들을 쥔 손은 이상하리만치 시렸다. 그렇구나, 이제부터 11월이구나. 10시가 넘기 전 병원에 도착해 진료를 받았다. 결론부터 말하면 희망이 보였다. 먹이를 안 먹었는데도 먀타의 체중은 변함이 없었다. 병세가 더 심해지지 않아서였다. 몸이 약해지고 식욕이 떨어져서 안 먹는 게 아니라, 목이 붓고 아파서 먹고 싶어도 못 먹는 상태일 수도 있다고 했다.

그날은 원장 선생님이 자리를 비워 여자 선생님 혼자였다. 진료가 얼추 끝난 뒤 그녀가 "먀타를 잠깐 잡고 있어주세요"라고 부탁을 했다. 그러더니 "좀 아플 거야. 미안해" 하고는 먀타의 입을 크게 벌리게 하고 펜라이트로 그 안을 구석구석 비춰보았다.

"음, 목 임파선이 부은 게 아니군요."

"임파선이 아니라고요?"

"네, 아무래도 침샘 쪽이 문제인 것 같아요."

즉, 임파선에 생기는 림프종 암 같은 종류가 아니라는 뜻
이다. 여전히 원인은 불명이지만 침샘 부위의 부기만 빠지
면 식욕이 돌아올 가능성은 얼마든지 있다고 선생님은 말
했다.

비타민이 들어간 수액 500cc를 맞고 식욕촉진제를 처방
받았다. 항히스타민제라고 하는 이 약물은 원래 알레르기
치료용인데, 식욕을 증진시키는 부작용이 있어서 먀타처
럼 잘 먹지 못하는 경우에 사용한다고 했다. 여자 선생님이
"억지로라도 뭘 좀 먹여볼까요?"라고 말을 꺼냈다. 내가 다
시 먀타를 붙잡자 여의사는 작은 사료 알갱이를 핀셋으로
집어 목구멍 안쪽으로 밀어 넣었다. 먀타는 일곱 알 정도의
사료를 먹었다.

조금은 가벼워진 마음으로 병원을 나와 자전거를 타고
내리막길을 달렸다. 그날 아침만 해도 먀타와 함께 이 길을
오가는 것이 마지막일지도 모른다는 각오를 했다. 다행히
아직 희망이 남아 있었다.

집으로 돌아와 먀타에게 약을 먹인 후 여자 선생님이 했던 것처럼 사료를 강제로 입속에 밀어 넣었다. 싫다고 난리를 쳐서 겨우 다섯 알밖에 먹이지 못했다. 요 며칠 사이 주인인 나도 조금 지치고 말았다. 나 역시 어제부터 아무것도 먹지 않았는데 딱히 배가 안 고팠다. 쓰러지듯 침대에 누워 먀타와 함께 두 시간 정도 잤다.

그 후로 나는 잠을 잘 이루지 못하고 한밤중에 눈을 떠 날이 밝을 때까지 자다 깨다를 반복했다. 그래서일까. 매일 아침마다 또렷한 꿈을 꿨다.

그날 아침 꾼 꿈에는 지금 살고 있는 집이 나와서 한층 더 생생하게 느껴졌다. 나는 주방에 서서 마트에서 사 온 고기를 작게 자르고 있었다. 식사를 준비할 때마다 습관처럼 하는 일이었다. 보통 반 근짜리 고기 한 팩을 두 덩이나 세 덩이로 나눠 조리하고, 남은 고기는 랩으로 싼 뒤 밀폐 용기에 넣어 냉동시킨다.

한창 요리하고 있는데 등 뒤에서 형이 불쑥 튀어나와 "그거 내가 먹어도 돼?"라고 물었다. 네 살 위인 친형이 아니라 전혀 모르는 남자였다. 우리 형보다 조금 나이가 많아 보였다. 하지만 꿈속에서는 틀림없이 내 형이라고 여겼다.

"이걸 먹겠다고? 안 익혔는데 괜찮아?" 내가 되묻자 형은 "아팠던 다음부터 날고기가 먹고 싶더라고" 하고 대답했다. 그가 1년 전쯤에 큰 병을 앓다 살아난 일을 꿈속의 나는 아주 당연한 듯 알고 있었다. 꿈에서 내가 랩으로 싸던 고기는 상온에 두면 녹아내릴 것처럼 지방이 풍부해 꽤 맛있어 보였다.

꿈에서 깨어난 뒤 이메일을 확인하자 베를린에 사는 한 여성 독자로부터 메일이 도착해 있었다. 내게 처음 메일을 보내줬던 사람이다. 그녀는 2년 전, 18년간 함께 살았던 고양이를 떠나보냈다고 했다. 그 아이는 아무리 기운이 없어도 소고기를 날로 주면 갸르릉갸르릉 목을 울리며 먹었다며 '먀타에게도 꼭 한번 줘보세요'라고 했다.

요새 블로그에 올리는 일기 내용의 대부분은 먀타에 대한 것이다. 그래서인지 부쩍 애묘인들로부터 메일이 자주 온다. 참 고마운 일이다. '저희 집 고양이는 그나마 가다랑어 포를 먹었어요', '이유는 모르겠지만 구운 김은 먹더라고요' 같은 내용이었다. 무엇보다도 다들 '주제넘은 참견일지 모르지만', '이미 수의사가 이런저런 조언을 해줬겠지만' 하고 상냥하게 마음을 써주는 점이 가장 기뻤다.

그날 밤, 원고를 쓰던 중 문득 먀타에게 스포이트로 물을 먹이면 어떨까 하는 생각이 떠올랐다. 곧바로 마운틴 바이크를 타고 역 앞에 있는 문구점으로 달려가 스포이트를 샀다. 시계를 보니 9시 조금 전이었다. 요즘은 어느 가게든 늦게까지 문을 열어 다행이었다. 겸사겸사 지하 식품매장에도 들러 저렴한 생선회가 있나 찾아봤다. 여의사는 혹시 먹을지도 모른다고 했지만, 우리 집 고양이는 태어나서 지금까지 날생선을 입에 대본 적이 없었다. 생선을 굽기만 하면 야옹거리며 시끄럽게 난리를 치는 고양이도 있고, 저녁 반주에 회를 곁들이면 키우는 고양이가 달라붙는 통에 같이 나눠먹으며 한잔 하는 주인도 있다는 이야기를 듣긴 했다. 하지만 먀타는 사람이 먹는 음식에는 전혀 흥미가 없었다.

마침 눈다랑어 회가 눈에 띄었다. 초밥 위에 올라가는 생선살 크기로 잘라놓은 것이 여덟 조각에 290엔. 늦은 시간이라 10퍼센트 할인도 받았다. 지푸라기라도 잡는 심정으로 회를 샀다. 여의사가 "만약 고양이가 회를 먹지 않는다면 사람이 먹으면 되니까요"라며 농담처럼 말하고 웃었던 기억이 났다. 하긴, 지난 일주일간 통조림을 따고 또 따도 먀타가 한 입도 안 먹어서 죄다 버렸는데 그보다는 나을지도 모르겠다.

밤이 깊었다. 슬슬 잠자리에 들려는데 먀타가 밥그릇 앞으로 가더니 킁킁거리며 냄새를 맡았다. 그저께 처방받은 식욕촉진제의 효과가 드디어 나타난 걸까. 혹시나 싶어 부엌으로 달려가 생선회를 1센티미터 크기로 작게 잘랐다. 의자에 앉아 먀타를 끌어안고 생선 조각을 입 옆으로 밀어 넣어주었다.

먹었다! 먀타는 입안이 아파서인지 먹는 모습이 몹시 힘들어 보였지만, 그래도 어금니로 열심히 회를 씹더니 꿀꺽 삼켰다. 날생선이라 부드럽고 맛도 있었나 보다. 입안에서 우물거리다가 흘리기도 했지만 결국 네다섯 조각이나 먹었다. 거의 일주일 만에 먹은 음식이었다.

눈물이 핑 돌았다. "먹었어, 먹었다고!" 하고 혼자 중얼거리며 울었다. 과연 생명의 위기를 넘긴 것인지 아닌지는 알 수 없었다. 하지만 블로그에 올린 일기를 읽은 사람들이 본 적도 없고 특별하지도 않은 고양이 한 마리를 걱정해줬다. 그 마음들이 먀타에게 전해졌다는 생각에 기쁘고 벅차서 하염없이 눈물이 흘렀다. 누군가를 진심으로 걱정하는 사람의 마음은 결국 상대에게 전달된다는 사실을 절절히

느꼈다. 오랫동안 글을 써왔으면서 그걸 왜 몰랐을까.

나는 새벽이 다 되어서야 잠이 들었다. 먀타는 막힌 코 때문에 괴로운 듯 몇 번이나 뒤척였고, 침대 위에서 이리저리 옮겨다니다 겨우 자리를 잡았다. 앞으로 녀석의 병이 어떻게 진행될지는 알 수 없다. 그렇지만 확실한 것 한 가지는 있다. 먀타가 살고 싶어 한다는 것이다. 녀석은 죽기를 바라지 않는다. 그리고 아직도 더 먹고 싶어 한다. 입안이 아파서 먹지 못할 뿐이다.

아침이 가까워지자 방 안이 어슴푸레 밝아왔다. 깨지 않도록 조심하며 먀타의 머리를 어루만졌다. 그러면서 작게 속삭였다.

"괜찮아. 내가 먹게 해줄게. 살 수 있게 도와줄게. 그러니까 걱정 마."

싱크대 위로 올라가 수도꼭지에서 흐르는 물을
직접 마셨던 먀타. 고인 물을 싫어했다.

먀타는 많이 고통스러워했다. 그럼에도 주인인 나는

평범하게 일을 하고 저녁을 챙겨 먹고, 시간을 내서 조깅을 했다.

자기 전에 혼자 술도 한 모금 홀짝였다.

이런 일상적인 생활이 가능한 것은 먀타가 유난히 자존심 세고

독립심 강한 고양이기 때문이다.

녀석은 절대 필요 이상으로 주인에게 응석을 부리지 않는다.

자신의 약한 모습을 숨길 수 있을 때까지 최대한 숨긴다.

참으로 하드보일드한 삶이 아닐 수 없다.

먀타, 나도 너처럼 그렇게 살고 싶다.

마지막 나날들

11월 5일 토요일

아침 일찍 먀타를 데리고 병원에 갔다. 아침저녁으로 쌀쌀해서 티셔츠에 데님 재킷만 걸치고 나가면 좀 춥다 싶었는데 오늘은 햇볕이 제법 따뜻했다. 그래도 바람은 여전히 매섭고 차가운 걸 보면 겨울이 성큼 다가왔다는 사실을 실감한다.

9시, 병원 문이 열리자마자 도착했다. 오늘은 원장 선생님이 자리를 비워 여자 선생님 혼자 있었다. 일단 먀타가 사흘 전부터 생선회를 먹게 됐고, 물은 스스로 마시지만 얼마나 목으로 넘어가는지는 모른다고 보고했다. 여자 선생님은 먀타의 엉덩이에 가까운 등 부분을 만져보며 촉진 검사를 했다. 이 부위의 가죽을 잡아 당겼는데 늘어나지 않으면 탈수 증상이 있는 것이라고 했다. 늘 그랬듯 오늘도 수액 주사를 맞았다. 먀타는 이제 조금 익숙해진 모양이다. 등에 주삿바늘을 찔러 넣어도 얌전히 있었다. 수액을 맞는 도중에 구강 진찰도 함께 했다.

식욕이 있는데도 잘 먹지 않는다는 이야기를 들은 여의사는 "꽤 심각하게 아픈 것 같네요"라고 말했다. 하지만 염증이 어디에 얼마나 발생했는지, 아니면 종양이 있는지 없는지는 목의 연골 때문에 엑스레이 사진을 찍어도 알기 어렵다고 했다. 환부가 들여다보일 정도로 입을 크게 벌리려면 마취가 필요한데, 먀타처럼 폐에 문제가 있는 고양이는 마취 중에 호흡이 멈출 수도 있으므로 이 방법 역시 무리였다.

저녁에 피트니스 센터에 가서 한 시간 정도 근육 트레이닝을 했다. 집으로 돌아가는 길에는 마트에 들렀다. 여의사가 생선회만 먹다 보면 영양이 한쪽으로 치우치기 쉬우니 다른 음식도 시도해보라고 했던 말이 생각나 돼지 간을 샀다. 소 간이 좀 더 낫겠지만 하필 품절이었다. 돼지 간을 뜨거운 물에 데쳐서 줄 생각이다. 먀타가 과연 잘 먹을까.

밤이 되었다. 계절이 바뀌고 처음으로 가스지루*를 끓였다. 부모님이 모두 간사이 지방 출신이라 그런지 겨울이 오면 맑은 된장국인 미소시루 대신 가스지루가 생각난다. 간토 사람들에게는 낯선 음식일지 모르지만 연어와 무, 당근과 우엉 같은 건더기가 풍성해 얼마나 맛있는지 모른다. 게다가 술지게미가 들어가 먹으면 몸도 따뜻해진다. 그러고 보니 작년 이맘때 '가스지루는 겨울의 즐거움이다' 같은 내용의 칼럼을 웹사이트에 올리지 않았던가? 기억을 되살려보니 10월 29일쯤 쓴 글이었다. 그래, 작년에는 겨울이 빨리 찾아왔었지. 1년 전 '기쥬타가 없으니 이번 겨울은 먀타와 둘이서 조금 쓸쓸하게 지내겠구나' 하고 생각했었다. 1년이라는 시간이 눈 깜짝할 새 지나간 것 같기도 하고, 영원히 끝나지 않을 것처럼 길었던 것 같기도 하다.

11월 6일 일요일

피곤이 풀리지 않는다. 오전 6시에 눈을 떴지만 좀처럼

---

* 술지게미를 넣어 만든 된장국.

정신을 차리지 못해 결국 9시에 일어났다. 먀타에게 아침 약과 생선회를 먹인 후 조깅을 하러 나갔다. 먀타는 어제 하루 종일 축 늘어져 있었다. 수액 주사를 맞은 날은 보통 그렇다. 역시나 몸에 부담이 되었던 것 같다.

고양이의 수액 치료는 수액을 혈관에 직접 주사하는 인간과는 방법이 전혀 다른데, 피하지방층에 주삿바늘을 꽂아 넣어 수분을 보충하는 식이다. 여의사의 표현을 빌리자면 '수액 팩을 등 안에 달고 있는 상태'인 셈인데, 그곳에서 조금씩 흘러나오는 수분이 온몸으로 흡수된다고 했다. 요즘 들어 먀타는 무른 변을 보고 있었다. 녀석은 12년 동안 살면서 한 번도 배변 문제를 겪은 적이 없었는데 자기도 조금 당황스러운 모양이다.

저녁에는 어제 사 온 돼지 간을 삶아 먀타에게 주었다. 생선회를 먹을 때처럼 먹다가 입 밖으로 흘리기도 했지만 그래도 명찰만 한 크기로 자른 고기 한 점을 다 먹었다. 먀타에게 먹이면서 나도 슬쩍 맛을 보았다. 아무 양념도 안 하고 그냥 뜨거운 물에 익혔을 뿐인데 맛이 꽤 괜찮았다. 이렇게 맛있는 음식을 잘 먹지 못하는 걸 보면 역시 입안이나 목이 많이 아픈 것 같다. 어떻게든 안 아프게 해주고 싶었지만 그 방법을 전혀 알 수 없었다. 우선은 지금처럼 조금씩이라도 입에 넣어 먹이는 방법밖에 없다.

11월 10일 목요일

오전 9시에 기상해 정확히 101분 동안 조깅을 했다. 단풍이 곱게 물들어가고 있다. 하지만 아직 낙엽이 떨어질 때는 아니다. 오늘은 하루 종일 일과 관련된 영화를 보았다. 아무것도 손에 잡히지 않아 도저히 글을 쓸 수 없는 지금 상황에서 '영화 보기'라는 미션이 있다는 게 얼마나 다행인지. 비록 흥행에 실패한 영화지만 하나하나가 작품이다.

먀타는 침대에서 내내 잠만 자다 가끔 일어나 "야옹" 하고 울었다. 아픈 걸까, 아니면 숨이 답답한 걸까 생각하며 그때마다 상태를 체크했다. 내가 머리를 쓰다듬어주거나 등을 살살 긁어주면 안심한 듯 다시 잠이 들었다. 아무래도 불안했나 보다. 12년 동안이나 함께 지낸 사이다 보니 우는 소리만 들어도 그것이 무얼 의미하는지 대충 감이 온다. "야아옹" 하고 살짝 애교 섞인 목소리로 울 때는 외로워서다. 배가 고프거나 뭔가 해 달라고 요구할 때는 "오옹!", "야옹!" 하고 조금 높은 소리를 낸다. 올해도 이제 두 달밖에 남지 않았다. '함께 새해를 맞이하기'를 목표로 정했다.

<u>11월 12일 토요일</u>

오전 6시에 기상했다. 어젯밤 일찍 잔 덕분인지 오랜만에 일찍 일어났다. 7시부터 조깅을 시작해 106분 동안 뛰었다. 처음에는 다리가 무거웠지만 70분쯤 지나면서 점점 몸이 풀리더니 제 컨디션을 되찾았다. 이 기세를 몰아 밝고 긍정적인 기분을 유지해야겠다.

오늘도 낮 동안은 일과 관련된 영화를 보고 저녁에는 동물병원에 갔다. 여자 선생님은 마타의 입을 벌리고 꼼꼼히 살핀 후, 아무래도 코 깊숙한 곳에 종양이 있는 것 같다는 말을 꺼냈다. 실은 일주일 전부터 갑자기 마타의 입안과 위턱이 붓기 시작했다. 개, 고양이의 코 안은 텅 비어 있는 터라 종양이 커지면 뼈가 있는 위쪽으로는 자라지 못하고 아래쪽, 즉 입의 위턱 부분이 붓고 처진다고 한다.

내 눈으로 보기에도 정말 위턱의 오른편이 꼭 짓무른 상태처럼 붉게 부풀어 있었다. 혼자 힘으로 먹이를 먹지 못하는 이유는 바로 이 때문이었다. 그렇다면 올해 시작된 심한 기침이나 기관지염과는 서로 관계가 없는 별개의 질환일 수가 있다. 먀타의 병이 다 나은 줄 알았던 그때, 기침은 멈췄지만 이상하게도 코막힘 증상은 점점 악화되었던 게 이제야 납득이 갔다.

의학적인 관점에서 보면 기관지의 염증을 개선하기 위해 사용한 항생제와 스테로이드제가 코의 종양 진행을 늦춘 것이라고 했다. 그녀는 펜라이트로 먀타의 왼쪽 눈을 자세히 들여다보았다. 어떠냐고 물으니 눈 속을 채우고 있는 유리체라는 조직이 불투명해졌다고 설명해주었다. 종양이 먀타의 몸에 영향을 주기 시작한 것이다.

내일부터 다른 약들과 함께 복용할 진통제를 처방받았다. 인간으로 치면 모르핀 같은 약이다. 진료가 끝나고 약을 받으면서 "코에 생긴 종양은 곧 임파선 등으로 전이될 거예요"라는 말을 들었다. 그와 동시에 "이제부터는 이 아이가 남은 시간을 얼마나 편히 보낼 수 있는지, 앞으로 느낄 고통을 얼마나 줄여줄 수 있을지의 문제랍니다" 하고 따뜻한 위로를 받았다. 이미 오래전부터 각오하고 있던 터다.

동물병원을 나오자 벌써 오후 6시가 되었다. 밖은 완전히 어두워졌다. 먀타의 무게와 야옹대는 소리를 몸으로 느끼며 늘 오가던 언덕길을 따라 자전거 페달을 밟았다.

11월 13일 일요일

오늘은 내 생일이다. 이제 마흔일곱 살이 되었다. 매년 그랬듯 딱히 누군가와 만나 파티를 열거나 하지는 않았다. 취재 일정이 잡혀서 거기 다녀온 게 다였다. 다만 집에 혼자 있는 먀타가 마음에 걸렸다. 먀타 혼자 쓸쓸하게 천국으로 떠나는 모습은 상상조차 하고 싶지 않았다.

언제인지 정확히 기억나지는 않지만, 막 취재를 하러 나가려는데 기쥬타가 혈뇨를 본 적이 있었다. 벌써 2년도 더 된 이야기다. 녀석은 만성적인 변비를 앓던 고양이였는데, 딱딱한 변이 직장을 통과하는 도중에 요도에 무리가 간 것이었다. 피가 새는 걸 오줌으로 착각한 기쥬는 몇 번이고 화장실에 들어가 쪼그려 앉았다. 그 모습을 본 나는 "기쥬, 미안해. 잠깐만 기다리고 있어"라는 말만 남기고 나갔다. 약속 장소는 요코하마였다. 모 영화감독과의 인터뷰가 끝나고 돌아가려는 찰나, 일부러 멀리까지 오게 해 미안하다며 그곳 관계자들이 사무실에서 전골 요리와 술을 대접해 주었다. 그분들께는 죄송한 이야기지만 당시 나는 마음이 급해서 음식이 무슨 맛인지 알 수가 없었다.

오늘도 그랬다. 취재 상대가 열변을 토하는 바람에 두 시간짜리 인터뷰 테이프를 무려 세 번이나 바꿔 끼웠지만, 솔직히 막바지에 이르러서는 그가 무슨 말을 하는지 머릿속에 들어오지 않았다. 돌아오는 주오센 열차 안에서 생각했다. 이것이 내 일이다. 이 일을 선택한 사람은 나 자신이고, 고양이를 키우기로 한 사람도 나 자신이다. 그러니 최악의 결과를 맞이하더라도 받아들여야 한다.

다행히 먀타는 나를 기다려줬다. 약 2주일 전부터는 내가 돌아와도 잠에서 깨지 못해 마중 나오는 일이 없었는데, 오늘은 달랐다. 비록 코 주변에 콧물이 말라붙어 꾀죄죄하고 걷는 것도 힘에 부친 모습이었지만, 먀타는 내가 문을 열자 현관까지 나와주었다. "그래도 너만큼은 내 생일을 축하해주는구나?" 나는 먀타를 품에 꼭 껴안았다.

11월 16일 수요일

지난밤, 올겨울 들어 처음으로 가습기를 틀고 잤다. 나는 목과 코가 쉽게 건조해지는 편이어서 에어컨이나 히터 같은 냉난방기는 사용 금지다. 꼭 써야 할 땐 오일 히터를 쓴다. 드롱기 사의 제품 중에 패널이 여러 겹으로 된 모델이다. 이 계절이 되면 나는 히터 위에 타월 같은 세탁물을 걸어놓고 또 그 위에 낡은 행주를 깔았다. 그러면 그 꼭대기에 고양이가 올라가 앉아 있는 광경을 볼 수 있었다. 10년 동안 쭉 그랬다. 하지만 올해는 먀타가 계속 내 베개 옆에서만 잠을 자는 바람에 히터를 침대 옆으로 옮겨 두었다. 가습기를 틀면 아침에 일어났을 때 목과 코가 한결 편안해진다. 먀타는 어떨까? 요즘은 전처럼 코막힘 때문에 숨이 막혀 고통스러워하는 일이 별로 없다. 하지만 이게 과연 좋은 현상인지 아닌지는 잘 모르겠다.

어제부터 먀타가 물 마시기를 힘들어하는 것 같다. 목마른 듯한 얼굴로 싱크대 아래에 서 있는 먀타를 위로 올려줬더니 수도꼭지에서 흐르는 물줄기를 바라보며 한참을 가만히 있었다. 결국 한 모금도 마시지 않고 포기한 채 고개를 돌려버렸다. 오늘은 어쩔 수 없이 몇 시간 간격을 두고 스포이트로 물을 먹였다. 입을 벌리는 것 자체가 아픈지 물이든 약이든 먹이려고만 하면 굉장히 싫어했다.

결국 올 것이 왔구나 싶었다. 먀타에게 아무것도 해주지 못하는 무력함 때문에 기분이 우울했다. 하지만 앞에서도 이미 여러 번 말했듯, 내가 무력함 때문에 허우적거린다 한들 먀타의 병은 낫지 않는다. 할 수 있는 일과 해야 하는 일을 다 하자. 내일은 동물병원이 쉬는 날이므로 금요일에 먀타의 고통을 조금이라도 덜어줄 방법이 있을지 상담을 받아봐야겠다.

오늘은 침대 시트를 갈았다. 먀타는 갓 세탁한 시트를 참좋아한다. 건강하던 시절의 먀타는 내가 침대 정돈만 했다하면 늘 뛰어들어 방해하다가 제 크기에 비하면 턱없이 큰더블베드 한가운데에 드러누웠다. 오늘도 어김없이 시트를 바꾸자마자 나타나 침대 위를 몇 분 동안 배회하더니 웅크리고 잠이 들었다. 먀타의 두 눈에 아직 빛이 담겨 있다. 이마를 살살 긁어주자 녀석은 기분이 좋은지 갸르릉갸르릉 목을 울렸다.

11월 17일 목요일

오전 9시에 기상했다. 낮 동안은 리뷰용 영화를 봤고 저녁에는 지난번 취재했던 내용을 원고로 옮겼다. 오늘도 몇시간마다 먀타에게 스포이트로 물을 먹였다. 약을 삼킬 때너무 힘들어해서 꼭 먹어야 하는 스테로이드제와 항생제를 빼고는 먹이지 않았다. 생선회를 입안에 밀어 넣어줘도많이 씹지 않았다. 게다가 입에 들어간 음식물 중 절반은 목구멍 안으로 넘기지 못했다. 어떻게 해야 영양을 섭취하게 할 수 있을까. 내일 병원에 가서 물어봐야겠다.

11월 18일 금요일

어젯밤 일기를 다 쓰고 나니 밤 10시가 넘어 있었다. 평소처럼 씻으러 욕실에 들어서자 갑자기 등줄기를 타고 올라오는 으슬으슬한 기운이 느껴졌다. 혹시 감기인가 싶었지만 그래도 욕조에 몸을 푹 담그고 체온이 올라가기를 기다렸다. 한두 시간 동안 아무 문제도 없었다. 그런데 여느 때와 같이 얼음물에 희석한 소주를 한 모금, 두 모금 홀짝이던 중 강한 오한이 찾아왔다. 먼저 열을 재봤다. 우리 집에 있는 디지털 체온계는 싸구려라 결과를 확인하려면 5분이 넘게 걸린다. 기다리는 사이 온몸이 덜덜 떨리고 딱딱 소리가 날 정도로 이가 부딪치기 시작했다. 큰일이었다. 내일은 꼭 먀타를 병원에 데리고 가야 하는데……. 주인인 내가 아플 때가 아니다.

체온계를 보니 38.4도. 신이 내 편을 들어줬는지 소란 피울 정도는 아니었다. 이 정도면 독감이나 편도선염을 의심할 필요가 없다. 하룻밤 푹 자고 나면 열이 내릴 터였다. 벽장에서 전기장판을 꺼내 편 뒤 땀을 많이 흘릴 것에 대비해 그 위에 대형 타월을 깔았다. 머리맡에 갈아입을 옷을 준비해 둔 후, 이불 속으로 파고들었다. 그때가 밤 12시쯤이었다. 몸이 불붙은 것처럼 후끈거리는데도 등골은 시렸다. 오랜만에 찾아온 열감기였다. 감기에 걸리면 마음이 불안해지기 마련이지만 이번에는 아니다. 먀타와는 다르게 내 감기는 낫는 병이라는 걸 알아서였을까.

뜨겁다. 말 그대로 몸이 뜨거워 견딜 수 없었다. 내 몸이 자기 안으로 들어온 세균, 그리고 그것들이 일으키는 염증과 사투를 벌이고 있기 때문이다.

희미한 의식 속에서 여러 번 꿈을 꿨다. 감기에 걸렸을 때 꾸는 꿈은 도대체 뭘까? 내게는 꿈이라기보다 무언가의 계시같이 느껴졌다. 새벽녘에 누군가 내 베개 머리맡에 서서 "지금 떠안고 있는 문제를 무리하게 해결하려 하지 마라. 도와줄 사람이 나타날 테니 기다려라"라고 속삭이나 싶더니, 아침이 되어 눈을 뜨자 몸이 부쩍 개운했다. 이때가 오전 7시. 열을 재보니 37.0도였다. 좀 살 것 같았다. 10시까지 쭉 이불 속에서 쉬다가 11시쯤 먀타와 함께 병원에 갔다.

11월 20일 일요일

감기가 낫지 않는다. 어젯밤은 정말 힘들었다. 두통 때문에 잠시도 눈을 붙이지 못하다 간신히 잠이 들려는 순간, 열이 올라 몸이 뜨거워진 탓인지 목구멍이 간질간질해 기침을 하다 눈 뜨는 일을 아침까지 반복했다. 병원에 가보려고 해도 주말에는 문을 닫는다. 그런데 사람 감기가 고양이에게도 옮을까? 지금 상황에서 먀타가 감기까지 걸리게 되면 끝장이다.

금요일에 여의사와 상담을 하다 동물용 유동식에 대해 알게 되었다. 가루 형태의 고칼로리 식품을 물에 녹인 뒤 장난감 주사기를 사용해 동물에게 주입하는 것이었다. 감기 균은 둘째 치고 내 타액이나 체액에는 온갖 병균이 우글우글할 테니 매번 손을 씻고 유동식을 만들어 먀타에게 먹였다. 이렇게 해서라도 생명을 이어갈 수 있다면 다행이다. 유동식을 먹일 때 먀타는 제법 저항했다. 아직은 그럴 만한 힘이 남아 있던 모양이었다. 먀타가 살려는 의지를 보여준 것이라고 믿고 싶다.

11월 22일 화요일

기침이 멈추지 않아 새벽 내내 한숨도 자지 못했다. 다행히 아침 몸 상태가 썩 나쁘지 않았다. 간신히 체력도 회복되었다. 평소처럼 먀타를 끌어안고 장난감 주사기로 물을 마시게 한 다음, 유동식을 만들어 먹였다. 먀타는 심하게 야위었다. 한창 건강했을 때는 체중이 5.8킬로그램이었는데 지난번 진료 때 재보니 4.2킬로그램이었다. 단순히 생각하면 58킬로그램이었던 사람이 42킬로그램까지 살이 빠진 것과 마찬가지다. 더 정확하게 표현하자면 몸이 작아졌다고나 할까? 다시 새끼고양이 시절로 돌아간 느낌이다.

아침에 일어나면 먀타의 코 주변에는 항상 콧물이 말라붙어 있다. 그래서 나는 눈을 뜨자마자 물에 적신 티슈로 녀석의 콧잔등을 닦아준다. 먀타와 죽은 기쥬타는 우리 집에 처음 왔을 무렵 영양실조로 늘 눈곱을 덕지덕지 달고 있었다. 그때도 지금처럼 젖은 티슈를 들고 눈곱을 떼어줬던 기억이 떠올랐다.

먀타를 안아 들다가 불현듯 알아차렸다. 얼마 전 병원에서 검사를 받았던 왼쪽 눈의 유리체 부분이 한층 더 뿌옇게 변해 있었다. 아니, 이미 왼쪽 눈 전체에서 빛이 느껴지지 않는다. "먀타?" 나도 모르게 이름을 부르며 손가락을 가까이 가져다댔더니, 오른쪽 눈은 바로 깜빡거렸지만 반대쪽 눈은 반응이 없었다. 아……, 이제 왼쪽 눈으로는 나를 볼 수 없는 거구나. 가슴이 무너져내렸다. 나는 먀타를 꽉 끌어안았다.

11월 26일 토요일

동물병원에 가는 날이다. 먀타는 줄곧 침대 위에서 지내고 있다. 잘 때도 있고, 눈을 뜨고 무언가를 곰곰이 생각하는 듯한 때도 있다. "자, 먀타. 슬슬 갈까?" 하고 말을 건넸다. 솔직히 진료를 받아도 더는 달라질 게 없다. 원래부터 종양의 진행 속도를 조금이라도 늦추기 위해 시작한 치료였고, 통증을 덜어줄 수 있는 이런저런 방법은 모두 시도해봤다. 그래도 먀타를 실은 이동가방을 짊어진 채 자전거를 타고 병원에 가는 일은 내 소소한 행복이었다.

최근 한 달 동안 병원으로 향할 때마다 이번이 마지막일 거라고 생각하며 페달을 밟았다. 그러니 이제부터라도 가능한 한 즐거운 기분으로 가자고 마음먹었다. 사이클링을 하러 나온 사람마냥 겨울의 차가운 공기를 음미하며 길에 떨어진 낙엽을 밟기도 하고, 먀타의 가방 무게를 만끽하며 눈앞의 풍경들을 기억에 새기고 싶었다. 병원에 도착하기까지의 모든 순간을 온몸으로 빠짐없이 느끼고 싶었다. 다행히 먀타는 가방 안에서 크게 야옹대지 않았다. 다만 무기력하고 작은 소리로 "흐응, 흐응" 하며 처량하게 울었다. 통원치료를 시작한 지 10개월째다. 주인인 내가 사교성이 없어서인지 좀처럼 사람을 따르지 않던 내 고양이도 수의사들에게는 마음을 연 모양이다. 원장 선생님이 "살이 쪽 빠졌구나" 하고 머리를 쓰다듬어주자 손등에 코를 비비며 어리광을 부렸다.

오랜만에 수액을 맞았다. 먀타의 왼쪽 눈에 대해 묻자 원장은 펜라이트를 들고 이리저리 살펴본 뒤, 예상대로 아무것도 볼 수 없는 상태라고 대답했다. 종양이 코와 목의 왼편에 생긴 탓 같다는 말을 들었다. 그러고 보니 생선회를 먹을 때도 오른쪽 이빨로 씹게 해야 겨우 삼키곤 했던 게 떠올랐다.

이젠 이 동물병원에도 꽤 익숙해졌다. 병원에 오는 일은 이번이 마지막일지도 모른다는 생각이 또다시 들었다. 진료가 끝난 뒤 약을 타려고 기다리는데 마침 다른 동물 환자

들이 없어서 먀타를 가방 안에 넣지 않아도 되었다. 그러자
녀석은 소파 위에 다소곳이 앉아 창문 밖을 하염없이 바라
보았다. 이를 본 여자 선생님이 "뭐랄까, 여기가 굉장히 편
한가 봐요" 하고 웃었다. 의사에게 "감사합니다"라고 인사
를 한 뒤 병원 문을 나오는 순간, 어쩐지 한 번쯤은 더 올 수
도 있을 것 같은 예감이 들었다. 그런 희망이 내게는 작은
행복으로 다가왔다.

11월 28일 월요일

지칠 대로 지쳐버렸다. 8년 만에 걸린 독한 감기 때문에
체력이 바닥났다. 특히 아침저녁으로 목이 아파서 견딜 수
없다. 이번 달 마감이 코앞으로 다가왔다.

먀타는 이전만큼 생선회를 잘 먹지 않는다. 몇 번에 걸쳐
조금씩 나눠 먹이게 됐다. 하루 온종일 잠만 자는 바람에
먹일 타이밍을 계산하는 것도 일이다. 푹 자고 있을 때 억
지로 깨워 입에 넣어줘봐야 씹지도 삼키지도 않는다. 그래
서 화장실에 갈 때, 아니면 자다 깨서 뒤척거릴 때를 기다
려 날생선과 유동식을 먹이고 물도 줬다.

감기에 걸리고 나니 역 앞에 있는 마트에 가는 것도 보통

힘든 일이 아니다. 그래서 요즘은 집에서 제일 가까운 동네의 작은 슈퍼마켓에 자주 간다. 이전에 살던 아파트에서 자전거로 5분 거리이며, 지금은 그때보다 한 1킬로미터는 떨어진 곳으로 이사를 했지만, 그래도 식료품을 취급하는 가게 중에서는 가장 가까운 곳이다. 원래는 채소가 몹시 싼 가게였는데, 어느새 고기와 우유, 반찬 종류뿐 아니라 화장지에서부터 모기향까지 파는 만물상이 되었다. 이사하기 전에는 정말 자주 갔었던 곳인데 개인상점이라서 그런지 가게 주인도 남자 직원도 아직까지 그대로였다.

그곳에서 옛 추억을 떠올리며 '그때는 먀타도 기쥬타도 아직 자그마했지' 하고 생각했다. 어째서인지 요즘 들어 부쩍 옛날 일이 하나둘씩 떠올려진다. 문득 슬퍼졌다. 이곳의 시간은 멈춰 있는데, 누가 일부러 영화 필름을 빨리 감는 것처럼 두 고양이만 나이를 먹은 것 같다.

11월 29일 화요일

집세 내는 날이었는데 까맣게 잊고 있었다. 아침 일찍 은행에 갔다가 돌아와서는 남은 원고를 마저 썼다.

점심 무렵, 문득 TV를 켰다. 어느 건축가의 내진설계 위

조사건을 다루는 청문회 중계가 한창이었다. 마침 출석한 참고인들의 진술 내용이 나오고 있었다. 채소 가게가 썩은 토마토를 팔면 안 되고 의사가 고의로 약을 바꿔치기하면 안 되는 것처럼, 건축가가 설계도를 위조하면 사람들 간의 신뢰는 무너져버린다. 참 시끄러운 세상이라는 생각이 들었지만 지금 내게는 그런 일을 걱정할 정신적인 여유가 없다. 이런 어지러운 세상 속에서 하루라도 더 살겠다고 버둥대고 있는, 보잘것없는 잡종 고양이가 내게는 훨씬 더 중요하니까.

먀타는 이제 유동식도 삼키지 못해 거의 먹을 수 없게 되었다. 물을 넘기기조차 힘겨워 했다. 원고를 쓰는 중에 가끔 '톡' 하는 소리가 들려 침실 쪽으로 가보면, 침대에서 내려온 먀타가 어김없이 침대 밑으로 들어가 있었다. 추울 것 같아서 매번 끄집어내 침대 위로 올려주지만 잠시 지나면 다시 내려가버렸다. 차가운 바닥의 감촉이 좋아서일까, 아니면 주인이 만지는 게 싫어서 내 손이 닿지 않는 곳에 있으려는 걸까. 이제는 내가 먀타에게 해줄 수 있는 일이 아무것도 없는지도 모르겠다.

내일 오후에는 모 제작사와 시나리오 관련 미팅이 잡혀

집을 비울 예정이다. 지금보다 일거리가 더 줄어들면 곤란하니 쉽게 거절할 수가 없었다. 내가 먀타에게 해줄 수 있는 게 없다면 오전에 물이라도 먹이고 조용히 잠을 자게 하는 편이 낫겠다는 생각도 들었다. 돌아오는 길에는 이런 불안한 마음이 들지도 모르겠다. '내가 돌아올 때까지 네가 기다리고 있을까' 하는.

11월 30일 수요일

오후로 잡힌 미팅이 상대방의 사정 때문에 밤으로 미뤄졌다. 오후 7시에 집을 나섰다. 집에 틀어박혀 먀타만 생각하고 있던 탓에 바깥에 나가 봐도 현실감이 느껴지지 않았다. 자전거를 타고 역에 도착하니 '어, 전철이 평소처럼 움직이고 있었네?' 하는 기묘한 생각마저 들었다. 퇴근하는 사람들과 반대 방향으로 가는 열차에 탑승해서 그런지 객실 안은 텅텅 비어 있었다. 그래서 더더욱 현실감이 떨어졌다. 신주쿠에 도착해 동쪽 출입구로 나가니 화려한 네온사인과 와자지껄한 사람들 모습이 눈에 들어왔다. 그제야 겨우 연말을 앞둔 번화가에 나왔다는 실감이 났다. 야마노테 센으로 갈아타고 이케부쿠로 역까지 갔다.

밤 11시가 넘어 귀가했다. 전철에 몸을 싣고 있을 때도, 자전거를 타고 집으로 달려갈 때도 마음의 준비를 하라고 나 스스로에게 계속 말했다. 하지만 집에 도착했을 때 먀타는 멀쩡히 눈을 뜨고 있었다. 녀석은 침대 아래에 웅크린 채 상대하기 귀찮다는 표정으로 나를 쳐다봤다. 물을 먹인 다음 생선회를 한 점 입에 넣어주었지만 씹으려 하지 않았다. 포기하고 유동식만 조금 먹였다. 히로시마에서 어린 소녀가 살해당한 사건이 일어났고 그 용의자를 체포했다는 뉴스를 멍하니 바라봤다. 11월도 오늘로 끝이 났다.

12월 2일 금요일

저녁에 취재 약속이 잡혔다. 7시가 되기 전에 나갔는데도 자정이 훌쩍 넘어서야 집에 돌아왔다. 한참 전부터 각오를 반복해왔지만 전철이 내릴 역에 가까워질수록, 자전거를 타고 집으로 이어진 길을 달릴수록 가슴이 갈기갈기 찢기는 것 같았다. 하지만 먀타는 날 기다려줬다. 여전히 침대 밑에 있던 녀석은 약간의 경계심 어린 눈초리를 하고 있었다. 끌어안고 물과 유동식을 먹였다. 녀석이 먹지 않고 남겨 상하기 직전인 회를 가지고 생강 간장조림을 만들었다. 그걸 안주 삼아 술잔을 기울였다.

간단하게 허기를 채우고 정신없이 설거지를 하다가 어느새 먀타가 발치에 와 있는 걸 알고 화들짝 놀랐다. 걷기조차 힘들었을 텐데 오랜만에 물이 먹고 싶어졌나 보다. 번쩍 들어서 싱크대 위로 올려주었지만 역시나 혼자서는 마시지 못했다. 하는 수 없이 장난감 주사기를 들고 입에 흘려넣어줬다. 그러다가 먀타를 무릎에 앉힌 채로 젊은 작가 친구가 보내온 출판 기념 안내장을 읽었다.

정신을 차리니 새벽 3시였다. 하지만 그다지 졸리지 않아서 술을 한 잔 더 마셨다. 어차피 아무 힘도 없으니 술의 힘이라도 빌려볼까 하는 심정이었다. 그렇게 술을 홀짝이며 요시다 다쿠로의 그리운 옛 노래를 흥얼거렸다.

12월 5일 월요일

먀타를 데리고 동물병원에 갔다. 이번이 정말 마지막이란 생각이 들었다. 다음 주까지 먀타의 체력이 버텨주리라고 기대하긴 힘들었다. 그렇다면 먀타가 아직 움직일 수 있을 때 그동안 고마웠던 수의사들에게 가서 '마지막까지 힘낼게요' 하고 얼굴을 비치고 싶었다. 그게 주인으로서의 내 심정이었다. 병원 진료시간은 오전 9시부터 12시까지, 점심시간 이후로는 오후 3시부터다. 가장 따뜻한 시간대인 오후 3시에 집을 나왔다. 큰 목욕 타월로 감싼 가방에 먀타를 넣고 평소처럼 병원을 향해 자전거 페달을 밟았다.

계절이 가을에서 겨울로 바뀌고 있었다. 그래도 낙엽이 뒹구는 아스팔트 도로를 보니 아직은 가을 분위기가 느껴졌다. 12월 8일, 존 레넌의 기일이 지나면 그때부터 본격적인 겨울이 시작된다. 나는 요 몇 년간 그렇게 주장해왔다.

먀타는 지난번보다 더 조용했다. 가끔, 정말 가끔 "하웅……" 하고 불안한 목소리로 작게 울 따름이었다. 병원에 도착해 건물 옆에 자전거를 세우고 잠금장치를 걸었다. 체인을 감고 다이얼 자물쇠를 채워야 하므로 시간이 제법 걸린다. 예전 같았으면 먀타는 이럴 때 야옹대며 시끄럽게 굴었을 텐데. 그때가 그립다.

반려동물을 데리고 병원에 가본 사람이라면 잘 알겠지만, 요새는 진료대에 체중계가 연결되어 있는 곳이 많다. 하지만 원장 선생님은 눈으로 보기만 해도 알겠다는 듯 "이 녀석, 또 살이 빠졌구나" 하고 안쓰러워했다. 날 배려해서일까. 몇 킬로그램인지 굳이 말하지 않고 진료 차트에 기록만 했다. 먀타는 전보다 체온이 조금 떨어졌다. 그래서 수액은 맞지 않았다. 수액 주사를 맞으면 체온이 더 떨어질 위험성이 있어서였다. 될 수 있는 한 실내 온도에 신경을 기울이고, 수분과 영양을 자주 섭취해주라는 조언을 들었다.

이런 상황에서 먀타를 자전거에 태워 왔다 갔다 해도 괜찮은지 물었다. 이제 진료를 받아도 아무 의미가 없다는 사실을 잘 알고 있었지만, 그래도 만약을 위해 전문가의 의견을 들어두고 싶었다. 원장 선생님의 말로는 몸을 따뜻하게만 해주면 고양이가 크게 스트레스를 받을 일은 아니라고 했다. 이 이야기를 듣자 오늘이 마지막이라고 생각했으면서도 또다시 한 번 더 병원에 올 수 있을지 모른다는 희망이 솟았다.

약을 처방받았다. 스테로이드제 양이 늘어났다. 강한 진통제와 스테로이드제를 함께 먹으면 드물게 코피나 토혈 같은 부작용이 일어나기도 한다지만 그런 걱정보다 어떻게 하면 먀타의 통증을 덜어줄 수 있을지를 먼저 생각하기로 했다. 병원을 나서려는데 여의사가 "스테로이드제 때문에 식욕이 왕성해지는 아이도 있어요" 하고 격려해줬다.

먀타에게 "이제 집에 가자"라는 말을 건네고 자전거 페

달을 밟았다. 늘 다니는 언덕길 옆에는 도립고등학교 하나
가 있다. 마침 교복 차림에 머플러를 두른 남학생 대여섯
명이 자전거를 타고 나와 우리 앞을 가로질러 갔다. 다들
즐겁게 떠들고 있었다. 문득 고등학생 시절이 떠올랐다.
나는 고3이었고 시기는 딱 이맘때였다. 하굣길에 친구들
과 잡담을 나누었던 일은 정말이지 너무나 즐거운 추억이
었다.

　내가 다닌 학교는 산 위에 떡하니 자리 잡고 있어서 역까
지 걸어가려면 30분은 족히 걸렸다. 버스를 탈 수도 있었
지만 친구들과 헤어지는 게 아쉬워서 일부러 함께 걸어갔
다. 그때는 다른 사람과 말을 섞는 게 뭐가 그렇게 좋았을
까. 지금의 나는 지난 몇 년 동안 누군가와 대화를 하며 진
심으로 즐거웠던 적이 없다. 이제는 너무 멀리 와버렸다고
마음속 깊이 느꼈다.

　12월 7일 수요일

　어젯밤 식료품을 사고 돌아와 현관문을 열었더니 침대
에 누워 있던 먀타가 일어나 문 앞까지 와줬다. 정말 오랜
만의 일이었다. 더는 그럴 만한 체력이 남아 있지 않을 터

라 기대도 안 했었는데. 최근 마지막으로 마중을 나왔던 날은 내 생일이었던 11월 13일의 밤, 취재를 다녀왔던 그때다. 먀타가 내게 주는 마지막 선물인 줄 알았는데 녀석은 다시 한 번 날 감동시켰다. 이제 뒷다리가 많이 약해진 녀석은 절뚝거리며 걸어와 현관 앞에 쓰러지듯 드러누웠다. 그런 몸으로 날 맞이해준 것이다.

요즘은 아침에 눈을 뜨자마자 습관처럼 먀타의 얼굴을 살피는 게 일이다. 밤새 흘린 끈적끈적한 콧물이 굳어서 코를 완전히 덮어버리기 때문에 일어나면 가장 먼저 티슈로 말라붙은 콧물을 닦아줘야 한다. 지난 한 달을 그러다 보니 이제는 완전히 몸에 익었다. 그런데 오늘은 웬일인지 콧물 자국이 흔적도 없었다.

오전 8시, 오랜만에 조깅을 나갔다. 달리면서 '먀타가 어떻게 될지는 아직 모른다' 하고 되뇌었다. 병은 깊어지고 있을지언정 체력까지 같이 나빠지고 있다고는 확신할 수 없다. 지난주에는 운이 좋지 않게 상태가 심각했을 가능성도 있다. 아니면 나의 좋지 못했던 컨디션이 심리적으로 부정적인 영향을 끼쳐 마음이 약해진 탓에, 혼자 비극적인 상상에 빠졌었는지도 모른다. 무엇보다 먀타는—의사의 진단을 의심하는 것은 아니지만—악성 종양이라는 확진 판정을 받은 적이 결코 없다. 고양이의 종양은 엑스레이 검사로 확인이 어렵다. 단지 여러 증상과 현재 상태로 미루어볼 때 종양이 거의 확실하다는 추측만 할 뿐이다.

주인인 내가 먼저 희망의 끈을 놓아버리면 어쩌냐고 스스로에게 되물어보았다. 내가 포기하면 말 못하는 먀타는 아무것도 전할 수 없지 않은가. 어쨌든 이걸로 다시 병원에 갈 수 있겠다는 가능성이 더 크게 느껴졌다.

12월 10일 토요일

먀타의 스테로이드제가 바닥났다. 내일은 병원에 가는 날이다. 또 새로운 한 주가 시작된다. 먀타는 아직 살아 있다. 체중은 더 줄었지만 지난주처럼 계속 잠에만 빠져 있지는 않았다. 어제와 그제, 침대 위에서 폴짝 뛰어내린 먀타가 침실과 복도를 지나 거실을 가로질러—이렇게 쓰니 마치 굉장히 넓은 집 같아 보이지만 절대 그렇지 않다. 그래도 지금의 먀타에게는 긴 여정일 것이다—내가 한창 일하고 있던 작업실까지 찾아온 적이 여러 번 있었다. 그때마다 먀타는 바닥에 엎드려 누웠다.

아직도 콧물을 많이 흘리고는 있다. 상태가 점점 나빠지는 중일 수도 있는데 신기하게도 예전만큼 고통스러워 보이지는 않는다. 앞으로 어떤 대책이 필요한지 의사에게 확실하게 물어봐야겠다.

12월 11일 일요일

오전 7시에 기상했다. 목욕을 하고 먀타에게 물과 유동식을 먹인 후, 아침 일찍 피트니스 센터로 향했다. 오늘은 일요일이라 동물병원 진료시간은 10시부터 12시까지다. 한 시간 정도 운동을 하고 마트에 들렀다가, 하루 중 가장 기온이 높을 때인 11시쯤 먀타를 데리고 나오자는 작전을 세웠다.

집 밖으로 나오자마자 살짝 놀랐다. 풍경이 몰라보게 달라져 있었다. 길을 따라 늘어선 벚나무 가로수의 잎이 어느새 전부 떨어져 있었다. '아아, 정말 겨울이 시작됐구나' 하는 실감이 났다. 날이 흐린 탓인지 주변은 쥐죽은 듯 고요했다. 겨울이라는 계절은 금욕적인 아름다움을 품고 있다. 그래서 나는 겨울이 좋다.

10시 반에 운동을 마치고 나왔지만 여전히 해는 나오지 않았다. 일기예보에서는 기온이 최고 8도까지 올라간다던데 전혀 그런 것 같지가 않았다. 체감온도는 5도 이하로 느껴졌다. 바람도 차다. 어떻게 할까 생각하다가 일단 저번처럼 큰 목욕 타월로 먀타를 둘둘 싸맸다. 그 위를 내가 실내에서 즐겨 입는 조끼로 빈틈없이 감싸고 지퍼까지 채운 뒤 가방에 넣었다. 그야말로 완전무장이었다.

지난주에는 현관을 나서자마자 힘없고 작은 소리로나마 울던 먀타가 오늘은 조용했다. 자전거를 세워둔 곳에 서서 과연 이대로 데리고 가도 좋을까, 아니면 집에서 재우는 편이 더 나을까 하고 한참을 고민하던 중에 가방 안에서 "우옹" 하고 희미한 소리가 들려왔다. 조금 마음이 놓였다.

11시 15분, 동물병원에 도착했다. 먀타의 탈수 증세가 심각하다는 진단이 나와서 수액 치료를 받았다. 수액을 맞는 동안 "원장 선생님, 이제 와서 새삼스럽긴 하지만……" 하고 꼭 확인하고 싶은 질문을 꺼냈다.

"악성 종양이 아닐 가능성은 제로입니까?"

"음……." 그는 잠시 생각하더니 이내 대답했다.

원장 선생님이 전한 내용을 내가 이해한 범위 안에서 정리해보면 대강 이렇다. 악성 종양, 즉 '암'이라는 것은 세포

학상의 개념이다. 그래서 먀타의 코 안쪽에 생긴 무언가가 정말로 악성 종양인지 아닌지는 그 부위를 채취해서 세포를 조사해 확인하지 않는 한 알 수 없다. 그런데 세포를 조사한 결과 정말 암이라는 사실을 알았다 한들, 그 병이 각각의 개체에게 어떤 작용을 하는지는 또 별개의 문제다. 연령과 면역력의 강약에 따라 동물에게 미치는 영향은 다르다. 일반적으로 나이가 많은 쪽은 병의 진행이 느리고, 적은 쪽은 진행이 빠르다고 한다. 중요한 건 종양이나 암에 걸린 모든 동물들이 치료받을 새도 없이 죽는 것이 아니라, 오래도록 버티는 경우도 있고, 환부의 위치에 따라 방사선 치료나 절제 수술을 통해 완치되는 경우도 있는 것이다.

"우리 같은 의사가 할 일은……." 원장 선생님은 말했다. 임상 의사가 해야 할 일은 세포학적 관점에서 악성 종양이냐 암이냐를 판단하는 것이 아니라, 동물 한 마리 한 마리의 상태에 맞춰 치료를 하는 것이라고. 다만 정확한 병명과 원인이 뭐냐고 묻는다면 먀타의 상태, 목 쪽의 증상, 엑스레이 촬영과 혈액검사 결과, 그리고 다른 환자의 사례 등을 고려해봤을 때 좋지 않은 종양임이 확실하다고 했다.

병원을 나왔다. 해는 여전히 구름 뒤에 숨어 있었다. 집으로 돌아가는 길에 먀타는 또 두어 번 숨죽여 울었다. 마지막에 원장 선생님은 "한 가닥 희망을 걸고 싶은 심정은 저도 이해합니다"라고 말해줬다. 하지만 나는 희망이 필요했던 게 아니다. 그가 '의사로서 해야 할 일'을 말한 것처럼 나도 '주인으로서의 책임'을 다하고 싶었던 거다. 그러기 위해 일말의 가능성이 남아 있는지 아닌지는 확실하게 해둬야 했다.

12월 12일 월요일

오전 8시에 기상해, 조깅을 다녀왔다. 하늘이 맑은데도 어제 못지않게 추웠다. 어젯밤 도쿄에는 첫눈이 내렸다고 한다.

먀타는 어제부터 쭉 잠만 자고 있다. 수액을 맞고 나면 늘 그렇다. 그 모습을 보니 과연 수액 치료가 먀타를 위하는 일이 맞나 하는 의구심이 들었다. 어제 일을 떠올려보았다. 내가 "요즘 오히려 숨쉬기가 편해진 것 같던데요?" 하고 말을 꺼냈더니, 원장 선생님은 부풀어오른 종양이 먀타의 코 부분을 완전히 막고 있는 상태라 그렇게 보일 뿐이라고 설명해줬다. 역시 나 같은 비전문가의 섣부른 판단은 틀리기 쉬운 법이다.

남들 눈에는 그냥 고양이일 뿐이지만 내게는 가족이다. 당연히 나는 먀타가 더 오래 살아주기를 바란다. 하지만 그런 내 마음이 오히려 먀타의 상황을 정확하게 보지 못하게 만들기도 한다. 원장 선생님 말을 듣고서야 겨우 알았다. 자세히 보니 코막힘 때문에 괴로워하지 않는 대신, 어깨로 크게 숨을 쉬고 있었다.

오늘은 하루 종일 취재가 담긴 테이프의 내용을 원고로 만들었다. 먀타는 많이 고통스러워했다. 그럼에도 주인인 나는 평범하게 일을 하고 저녁을 챙겨 먹고, 시간을 내서 조깅을 했다. 자기 전에 혼자 술도 한 모금 홀짝였다. 이런 일상적인 생활이 가능한 것은 먀타가 유난히 자존심 세고 독립심 강한 고양이기 때문이다. 녀석은 절대 필요 이상으로 주인에게 응석을 부리지 않는다. 자신의 약한 모습을 숨길 수 있을 때까지 최대한 숨긴다. 참으로 하드보일드한 삶이 아닐 수 없다. 먀타, 나도 너처럼 그렇게 살고 싶다.

12월 13일 화요일

7시 반에 기상했다. 어제보다 더 추울 거라는 일기예보를 보고 장갑을 챙겨 조깅을 나갔다. 그저께 피트니스 센터에 갔다 돌아오는 길에 100엔 숍에서 산 줄무늬 장갑이다. 올겨울 동안 나와 함께할 든든한 파트너다. 비록 오늘은 뛰기 시작한지 10분 만에 벗었지만. 여전히 몸 상태가 좋지 못하다. 하지만 아무리 컨디션이 엉망이어도 80분 넘게 달리고 나면 10분에서 20분 정도 기분 좋게 달릴 수 있는 순간이 반드시 찾아온다. 그러면 아무리 최악의 날이라 도 극복이 된다. 가끔 생각한다. 달리지 않았다면 과연 나는 어떻게 견뎌냈을까?

오늘은 영화 리뷰를 세 편이나 썼다. 물론 이것으로 일을 다 끝마친 것은 아니다. 쓸 수 없는 일과 쓰고 싶지 않은 일이 남아 있을 뿐이다. 이 시기가 되면 망년회다 뭐다 해서 모임이 많지만 선뜻 마음이 내키지 않는다. 차갑고도 아름다운 이 계절을 혼자 달리면서 느끼고 싶다.

나를 보고 어떤 사람들은 너무 집에만 있다는 둥, 마음의 문을 꽁꽁 닫고 있다는 둥, 속에만 쌓아두면 좋지 않다는 둥의 소리를 한다. 하지만 내 생각은 다르다. 누군가를 만나면 대화를 통해 알 수 있는 것이 있는 반면, 오롯이 혼자 생각해야만 알 수 있는 것도 있다. 올해가 다 지나가기 전에 흐트러진 컨디션을 재정비해서 한없이 달려보고 싶다. 네다섯 시간 동안 차가운 겨울 거리를 달리다 보면 세상의 끝에 손끝이 닿을 듯한 순간이 찾아온다. 그곳에는 진짜 고독이 있다. 1년에 딱 한 번, 아득히 먼 곳에 다다를 수 있는 계절이 곧 다가온다.

평소 좋아하던 거실 의자 위 쿠션에 앉아 있는 먀타.

기쥬가 죽은 뒤 뭔가에 화를 내거나 누군가에게 신경질을 부리는 일이

나 스스로도 놀랄 만큼 줄었다. 만나는 사람들마다 "뭔가 달라졌네요"라고

다들 한마디씩 했다. "살빠졌어요?" 하고 묻는 사람도 많았다.

그럴 리 없었다. 나는 조깅이 끝나면 꼭 체중을 쟀다.

체중도 체지방률도 전혀 떨어지지 않았다.

어머니에게 별 생각 없이 그 이야기를 했더니

"그 아이가 네 액을 대신 가지고 천국에 갔기 때문이야"라고 대답하셨다.

나는 하느님도 부처도 믿지 않지만 이상한 일이었다.

어머니 말씀처럼 방금도 먀타가 내 마음 속의 어두운 부분을 가지고

하늘로 올라간 것일까?

너무 일찍 찾아온 미래

이제 나는 고양이의 신을 증오한다. 아니, 더 정확히 말하면 저주한다.

침대에서 작은 얼룩을 발견했다. 크기가 10센티미터도 안 되는 정말 작은 얼룩이었다.

먀타가 타이밍을 놓쳤구나, 하는 생각이 머리를 스쳤다.

12월이 되자 먀타가 제 화장실 안에 웅크리고 쓰러져 있는 모습이 종종 발견됐다. 어느 날인가 작업실에서 컴퓨터 앞에 앉아 원고를 쓰는 중에 침실 쪽에서 발소리가 들렸다. 침대에서 내려온 먀타가 현관 맞은편 욕실 쪽에 있는 고양이 화장실로 향하는 소리였다. 잠시 기다리면 곧 모래를 긁는 소리가 들리겠지 싶었다. 먀타는 깔끔한 고양이였다. 늘 대소변을 보고 나면 주인에게 그 흔적을 들키지 않으려 모래를 덮어 꼭꼭 감췄다. 그러면 나는 아무것도 못 본 척하며 화장실을 비워주었다. 이것은 오랜 세월 지켜온 우리만의 암묵적 약속이었다.

그런데 그날따라 아무리 기다려도 밖은 조용하기만 했다. 걱정이 돼 나가 보니 먀타가 마치 뭔가에 짓눌린 것처럼 모래에 얼굴을 파묻은 채 쓰러져 있었다.

"요 녀석, 이런 데서 자면 어떡하니."

애써 농담을 던지며 먀타를 들어올렸다. 그때까지만 해도 나는 녀석이 볼일을 보느라 체력이 바닥난 줄로 알았다. 그런데 그게 아니었다. 먀타를 침대에 눕히고 추울까 봐 이불을 머리끝까지 덮어씌워준 후 작업실로 돌아가 컴퓨터 앞에 앉았는데 다시 발소리가 났다. 쫓아가보니 먀타는 또 모래 위에 쓰러져 꼼짝도 못하고 있었다.

그제야 깨달았다. 화장실에서 일을 보기도 전에 거기까지 간 것만으로 모든 힘을 다 쓴 것이었다. 그래서 먀타는 소변을 눌 힘이 다시 생길 때까지 기다리며, 그 자리에서 휴식을 취하고 있었던 것이다.

그래도 차마 먀타를 화장실 안에서 재울 수는 없었다. 바로 옆자리에 수건을 깔아주고 그리로 옮겨 눕혔다. 잠시 누워 있던 먀타는 체력이 돌아왔는지 다시 모래 위로 올라갔다. 요즘에는 화장실을 사용하는 데 보통 30분에서 길면 한 시간 이상 걸렸지만, 그래도 먀타는 지금까지 혼자 잘 해냈다. 그랬던 녀석이 이번엔 화장실에 갈 타이밍마저 놓치고 침대 위에다가 실례를 하고 만 것이다. 슬플 정도로 작은 얼룩이었다. 냄새도 거의 나지 않아 코를 바짝 대야 겨우 그것이 소변 자국인 줄 알 수 있었다. 바보 같은 나는 아무것도 모르고 침대에서 잠을 잤다. 이 작은 얼룩은 먀타의 구겨진 자존심이나 다름없는 것이었는데.

"먀타, 잠깐 저쪽에서 잘래?"

먀타를 안아 거실 소파로 데리고 갔다. 살아 있다는 사실이 신기할 만큼 먀타는 가벼웠다. 2주일 전 확인했을 때는 몸무게가 3킬로그램까지 줄어 있었다. 그런데 지금은 더 야윈 것 같다. 건강했을 때에 비하면 절반밖에 되지 않는다. 얇은 담요를 깐 소파 위에 먀타를 눕히고 침실의 히터를 들고 나왔다.

침대 시트를 벗겨내다가 나도 모르게 울음이 터져 나왔다. 그리고 고양이의 신에게 저주를 퍼부었다. "지금 뭔가 단단히 착각을 한 모양인데 먀타는 당신 고양이가 아니라 내 고양이야. 내 소중한 파트너라고." 나는 계속 혼잣말을 늘어놓았다. "12년 동안 날 지탱해준 소중한 형제, 언제나 내가 돌아오기만을 기다리고 마중 나와준 친구란 말이야. 이렇게 맥없이 뺏길 거라고 생각하지 마!" 나는 악을 쓰며 원망을 쏟아냈다.

먀타가 아무것도 먹지 않은 게 벌써 며칠째일까. 이제 물을 마실 때도 목에 경련을 일으키고 눈을 까뒤집을 만큼 아파했다. 왼쪽 눈은 아무것도 볼 수 없다. 24시간 내내 코가 막혀 있다. 2주가 다 되도록 음식을 넘기지 못한 데다 물만 마셔도 괴로워하고 소변을 보려면 한 시간 이상 걸린다.

고양이의 신이여, 난 당신을 믿지 않아. 오히려 당신이 밉고 싫어. 내 둘도 없는 친구에게 이런 짓을 했는데 용서할 것 같아? 내 소중한 고양이는 당신한테 절대 못 줘. 먀타는 나와 함께 있을 거야. 계속, 영원히.

그런 생각들을 되풀이하면서 나는 울었다. 울면서 더러워진 시트를 빨고 다시 새 시트를 깔았다. 먀타는 하얗고 깨끗한 침대 시트만 보면 참 좋아했다. '오늘은 깨끗한 시트에서 재울 수 있겠다' 하는 생각이 들었다. 12월 12일 밤이었다. TV에서는 때 이른 연말 특집방송이 한창이었다.

헤어짐은 언제나
어렵다

12월 13일은 날씨가 정말 추웠다. 오전 7시에 일어나 한 시간 넘게 조깅을 했다. 그 뒤로는 쭉 방 안에서 일에 집중했다. 일과 관련된 영화를 보고, 리뷰를 썼다. 침실 쪽에서 이따금씩 발소리가 들려왔다. 가서 보면 먀타가 나무로 된 바닥에 납작 엎드려 잠에 빠져 있었다. 먀타의 체온이 정상보다 낮아서 히터를 계속 틀어놓았는데, 방 안이 너무 더워지니까 시원한 맨바닥으로 내려와 몸을 식히는 모양이었다. 그대로 두면 몸이 식다 못해 싸늘해질까 봐 한 시간 후에 침대에 올려줬더니, 두세 시간 있다가 다시 바닥으로 내려오길 반복했다.

저녁이 되자 먀타는 욕실의 모래 화장실로 갔다. 하지만 여전히 소변을 보기도 전에 주저앉고 말았다. 먀타를 욕실

매트 위에 눕혀주었다. 오후 6시쯤이었다. 일을 서둘러 마무리 짓고 블로그에 일기를 썼다.

작년 가을부터 올리기 시작한 일기는 나와 먀타의 일상에 관한 내용으로 가득했다. 요즘은 블로그 독자들에게 매일 셀 수 없이 많은 이메일을 받고 있다. 전부 먀타와 나를 격려해주는 내용들이다. 나는 늘 그랬듯이 키보드를 두드리며 답장을 쓰기 시작했다.

그때였다. 욕실에서 먀타의 울음소리가 들렸다. 처음에는 잘못 들었겠지 싶었다. 먀타에게 더는 울 체력도 남아 있지 않았으니까. 그저께 동물병원에 갔을 때만 해도 그렇다. "하웅……" 하고 두어 번 작고 가냘픈 신음을 흘릴 뿐이었다. 하지만 지금, 먀타는 분명히 울고 있었다. 무언가를 잡아 찢는 듯한 소리로, 12월의 차가운 공기를 가르는 소리였다.

"먀타!"

나는 먀타의 이름을 부르며 욕실로 내달렸다.

등을 뒤로 젖힌 채 입을 크게 벌린 먀타는 욕실 매트 위에서 네 다리를 뻗치고 있었다. 곧 경련과 함께 몸부림을 치며 "우오옹", "우오옹" 하고 두 번 울었다.

"먀타, 먀타! 먀타!"

눈앞이 캄캄해진 나는 큰 소리로 이름을 불렀다. 갑작스 럽게 닥친 상황에서 어떻게 하면 좋을지 판단하지 못한 채 먀타를 안고 서성거렸다. 아프기 전에 먀타는 늘 거실 의자 에서 잠을 잤다. 그 의자 위 빨간 방석에 녀석을 눕혔다.

나는 누군가 그렇게 괴로워하는 모습을 여태껏 본 적이 없었다.

발작은 10초에 한 번꼴로 찾아왔다. 그때마다 먀타는 몸 을 뒤로 젖히며 앞발로 무언가 잡으려는 듯 힘껏 뻗는 일을 되풀이했다. 시력을 잃은 왼쪽 눈에서 눈물이 줄줄 흘러내 렸고 눈꺼풀은 이상하리만큼 크게 치켜뜨고 있었다. 과장 이 아니라 이러다 정말 눈이 튀어나오는 건 아닐까 걱정될 정도였다.

이윽고 울음소리가 잦아들었다. 하지만 발작은 가라앉 지 않았다. 고통의 파도가 밀려올 때마다 배 속에서 무언가 나쁜 것이 날뛰고 있는 것처럼 먀타는 몸에 경련을 일으켰 고, 다리를 뻗대며 입을 쩍쩍 벌렸다.

힘내라는 말이 더 이상 나오지 않았다. 그저 이 모든 것 이 빨리 끝나기만을 바라며 먀타가 허공으로 휘젓는 앞발을 꼭 잡아주었다. 나는 계속 먀타의 이름을 불렀다.

먀타는 극심한 고통 속에서도 생명의 끈을 놓지 않았다.

얼마가 지났을까. 고작해야 10분 정도에 불과했는지도 모른다. 하지만 우리에게는 길고도 긴 시간이었다. 먀타는 잠시 동안 의자 위에 납작 엎드려 있었다. 30분 정도 지나자 그제야 몸을 둥글게 말고 고양이다운 자세로 잠이 들었다. 나는 그 모습을 멍하니 지켜봤다. 내가 뭘 할 수 있지? 뭘 해야 하지? 스스로에게 물었다.

시계를 보니 어느새 10시가 넘어 있었다. 그래, 내일 아침이 되면 동물병원에 전화부터 해야겠다. 전화해서 발작을 일으켰다고 알려야 한다. 그리고 만에 하나 또 발작이 일어나면 조치할 방법이 없는지도 확인하자. 투약은 이미 할 만큼 했다. 그래도 뭔가 다른 방법이 있을지도 모른다. 주사같이 즉시 효과가 나타나는 것 말이다. 병원에 데려가는 건 더는 무리다. 그러니 전화로라도 상담을 받아야 한다. 상황에 따라서는 왕진을 부탁할 수도 있으니까.

또 해야 할 일은 뭐가 있을까? 이런저런 생각을 하며 블로그에 올리다 만 일기를 계속 썼다. 실은 요 며칠 동안 먀타가 소변을 볼 때 고생한 사건과 많이 아팠던 일들은 일기에 하나도 쓰지 않았다. 먀타는 자존심 강한 고양이니까. 자신의 힘든 이야기, 부끄러운 이야기는 밝히지 않기를 바랄 것이라고 내 마음대로 판단했다. 그래서 오늘 발작을 일으킨 일도 올리지 않았다. 13일의 일기에 '물론 오늘 있었던 일이 그게 다는 아니다. 다만 여기에 쓸 수 없고, 쓰고 싶지 않을 뿐이다'라고 썼던 것이 바로 이 일이다. 일기를 업데이트하고 다시 먀타를 보니 방금 전의 일이 마치 거짓말이었던 것처럼 새근새근 잘 자고 있었다. 호흡도 평소보다 안정된 느낌이었다. 그제야 조금 마음이 놓였다. 냉장고에서 차가운 물을 꺼내 잔에 소주를 채워 한 모금씩 마셨다.

먀타와 함께한 이별

술잔을 기울이며 이메일 체크를 하다 보니 하나 씨의 블로그가 업데이트되었다는 알림이 와 있었다. 내가 블로그에 일기를 쓰기 시작한 이래 첫 번째로 메일을 보내준 사람이 스페인 시골 마을에 살고 있는 마리 씨, 두 번째가 하나 씨였다. 하나 씨는 어느 지방 도시에서 여행 가이드 일을 하고 있고, 잡지에 연재되는 내 글을 보고 팬이 됐다고 했다. 그녀는 언제나 긴 내용의 메일을 보내줬다. 매력적인 문장을 구사할 줄 아는 사람인 데다 직업이 직업이다 보니 오래된 절이나 역사에 대해서도 박식했다. 그녀의 이런저런 글들을 보고 난 뒤 다시 술잔을 채우고 먀타 곁으로 가 등을 쓸어내렸다. 앙상하다 못해 갈비뼈가 튀어나와 있는 게 보일 정도였지만 털은 예전처럼 부드럽고 윤기가 흘렀다. 먀타가 무사히 내년을 맞이하려면 어떻게 해야 할지 생각하고 또 생각했다.

어느새 자정이 지나 날짜가 바뀌었다. 컴퓨터 전원을 끄기 전에 다시 한 번 메일을 확인했다. 몇 명에게 새 편지가 와 있었다. 전부 먀타에 대한 내용이었다. '괜찮아요. 분명 나을 거예요' 하고 격려해주는 사람, '계속 기도하고 있어요'라고 위로해주는 사람, 그리고 '무리하면 안 돼요' 하고 날 걱정해주는 사람도 있었다. 메일 확인만 하고 자려고 했지만 생각이 바뀌었다. 날이 새기 전에 수신된 메일에 답장을 쓰기로 했다.

1년 내내 하루도 빠짐없이 인터넷에 일기를 올리는 동안 내게 메일을 보내는 독자들이 한 명 한 명씩 늘어났다. 블로그에 쓴 내 글을 읽어주는 사람들은 먀타와 나의 유일

한 버팀목이었다. 그래서 쉬지 않고 일기를 썼고, 메일을 받으면 시간이 허락하는 한 답장도 보냈다. 그러던 중 내 본업인 프리랜서 작가 일은 점점 줄어들고 있었다. 지난달 잡지 하나가 또 휴간되는 바람에 그간 연재해오던 코너 두 개가 없어졌다. 내년에는 아마 새 일자리를 찾아야 할지도 모르겠다.

하지만 그것도 나쁘지 않다는 생각이 들었다. 글을 써서 누군가에게 무언가를 전한다는 것이 어떤 일인지 이제 알았으니까. 오랫동안 글쟁이 행세를 하며 살아왔지만, 이제야 글을 쓰는 행위의 진짜 의미를 알게 된 기분이었다. 이때가 14일 새벽, 1시 30분경이었다. 거실에 있던 먀타가 다시 울었다.

야옹거리는 소리가 들렸다. 조금 전 고통에 몸부림치며 공기를 진동시키듯 내지르던 비명과는 달랐다. 항상 콧대 높던 먀타가 가끔, 정말 가끔씩 내게 응석 부릴 때 내는 소리였다.

먀타는 아까처럼 몸 전체에 경련을 일으키며 입을 크게 벌리고 있었다. 괴로움에 어쩔 줄 몰라 하는 모습이었다.

그것이 마지막 순간임을 나는 직감했다. 먀타를 끌어안았다. 녀석은 내 품에 안겨 다시 두세 차례 몸을 부르르 떨었고, 발작의 파도가 밀려올 때마다 입을 뻐끔거리며 몸을 뻗댔다.

먀타는 내게서 눈을 떼지 않았다. "어떻게 좀 해줘, 제발 도와줘"라고 말하고 싶었던 걸까. 하지만 나는 무력했고 그저 먀타의 이름을 부르며 꼭 안아줄 수밖에 없었다.

갑자기 먀타의 온몸을 가득 채우고 있던 힘이 쭉 빠져나가는 느낌이었다. 그런데도 발작은 여전히 녀석의 몸을 떠나지 않고 서너 번 더 경련을 일으켰다. 시력을 잃지 않은 오른쪽 눈에서 서서히, 아주 서서히 빛이 사라져갔다. 나는 먀타를 품에 안은 채 작업실 의자에 앉아 쓰다 만 이메일에 감사의 말을 덧붙였다. 마무리로 내 이름을 쓰고 보내기 버튼을 눌렀다. 먀타는 내 무릎 위에서 돌덩이같이, 얼음같이 차갑게 식어갔다.

마지막으로
물어보고 싶었던 이야기

밤을 꼬박 새우고 아침을 맞았다. 아프기 전, 먀타가 좋
아했던 거실 의자에 녀석을 눕혔다. 마지막 순간까지 자고
있던 곳이었다. 먀타의 머리와 등을 쓰다듬으며 시간을 보
냈다. 기쮸타를 데리고 갔던 동물 공원묘지에 전화를 해 화
장 예약을 했다. 시간은 다음 날 오후 1시. 먀타가 들어갈
적당한 종이 박스가 보이지 않아 근처 택배센터에 가서 사
왔다. 먀타는 시트든 뭐든 깨끗한 새것을 좋아했으니 새 종
이 박스도 마음에 들어 할 게 분명했다.

편집자로부터 "내일까지 부탁드렸던 원고 말인데요, 혹
시 오늘 중으로 보내주실 수 있으세요?" 하고 연락이 왔다.
알겠다고 대답한 나는 전화를 끊은 뒤 먀타를 쓰다듬으며,
영화를 내리 세 편 보고, 리뷰를 썼다. 그래, 이게 내 일상이
었다.

다음 날인 15일은 눈이 시리도록 맑고 아름다운 겨울날
이었다. 어젯밤 세탁해 베란다에 널어둔 시트가 어느새 보
송보송하게 말랐다. 시트를 걷어 반으로 접은 뒤 먀타의 관

에 넣었다.

"이거 봐, 먀타. 네가 좋아하는 새 시트야."

나는 먀타를 그 안에 눕혔다.

"끝까지 잘 견뎠어. 넌 정말 대단한 고양이야."

먀타를 내려다보며 혼잣말을 했다.

12시가 되기 조금 전, 기쥬타 때와 같은 택시회사에 전화를 걸었다. 5분 후 공원 입구까지 와준다고 했다.

"이제 갈까?"

그건 내가 지난 10개월 동안 한 주나 두 주에 한 번씩 먀타에게 꼭 했던 말이었다. '이제 병원에 갈까?'라고. 그때처럼 먀타가 기운차게 "야옹! 야옹!" 울어주던 날들은 이제 돌아오지 않을 것이다.

먀타가 잠들어 있는 박스를 안고 아파트 계단을 내려갔다. 기쥬가 죽고 이렇게 빨리 먀타마저 보내게 될 줄은 꿈에도 몰랐다.

다마 강을 지나고 요미우리랜드가 있는 언덕을 넘어 가와사키의 동물 공원묘지로 향했다. 이날은 유난히도 길이 막혔다. 운전기사가 눈치채지 못하게 살짝 박스를 열어 먀타를 들여다봤다.

먀타는 마지막까지 맹수처럼 살았다.

2주 전부터 먀타는 침을 삼키지 못했었다. 때문에 늘 턱 밑이 축축하게 젖고 지저분했다. 배 쪽의 털은 듬성듬성 빠졌고, 건강할 때는 핑크색이던 피부도 갈색으로 변하고 말았다. 하지만 상자 안에 들어간 지 하루가 넘게 지났는데도 겉으로 보이는 털은 폭신폭신하며 보들보들했고 심지어 살아 있는 고양이처럼 반지르르했다. 얼핏 보면 마치 잠든 것처럼 보였다. 먀타는 끝까지 고고한 한 마리 맹수였다.

상자 안에 손을 넣고 먀타를 가만히 어루만졌다.

"있잖아, 먀타. 우리 처음 만났던 날 기억해?"

나는 마음속으로 말했다.

비가 오던 그날 밤, 눈곱이 덕지덕지 달라붙어 눈도 제대로 뜨지 못했던 기쥬가 내 손 위로 올라왔지. 그때 너는 나를 잔뜩 경계하고 위협하면서 "기다려. 아직 그 인간이 믿을 수 있는 녀석인지 모르잖아" 하고 기쥬에게 말했어. 지금 생각해보면 너는 약하고 여린 기쥬타와의 의리를 지키느라 나에게 같이 와준 거였어.

저기 말이야, 먀타. 우리 집에 와서 행복했니? 12년 동안 나랑 함께 지내며 행복했어? 아빠 엄마 없이 길고양이로 살기는 아마 힘들었겠지. 하지만 공원 주변에 고양이 밥을 주러 오는 상냥한 사람들도 많으니까, 그 사람들 눈에 띄었으면 밖에서 좀 더 자유롭고 즐겁게 살았을 수도 있어. 넌 순해 빠진 기쥬타랑 다르게 머리도 좋고 날렵한 고양이였으니까 암컷들에게 인기도 많았을걸? 무엇보다 병으로 고통스러워하지 않고 떠날 수 있었을지도 몰라. 저기, 먀타. 나를 만나서 행복했니?

불가사의하고 강인한 내 고양이에게,
작별 인사를 보내며

한 시간 반쯤 지나 동물 묘지에 도착했다. 전처럼 여기서 밥을 먹고 사는 고양이들이 햇볕 잘 드는 양달에 누워 있었다. 검은 고양이, 삼색 고양이, 회색 고양이, 줄무늬 고양이들은 보기에 다들 포동포동하고 행복한 모습이었다. 먀타를 넣은 종이 박스를 끌어안고 접수처로 들어가려는데 문 입구에 놓인 큰 바구니가 보였다. 그 안에는 새끼고양이 일곱 마리가 서로 뒤엉켜 자고 있었다. 자세히 보니 '데려가주세요'라고 쓰여 있었다. 이곳이라면 어떻게든 해줄 것이라고 생각한 어느 무책임한 사람들이 밤중에 버리고 간 모양이었다. 새끼고양이들은 하나같이 눈곱이 심하게 껴 눈을 제대로 뜬 아이가 없었다.

"어미 고양이가 핥아주기 전에 데리고 왔나 봐요."

여자 직원이 웃으며 말했다.

몰랐다. 먀타와 기쥬타는 그때 단지 영양실조가 아니었던 것이다. 어미가 핥고 보살펴주기 전에 공원 쓰레기통 밑에 버려졌다니……. 12년 만에 처음 알게 된 사실이었다.

"준비가 끝났으니 이쪽으로 오세요."

나는 화장터로 향했다. 기쥬를 보냈던 때와 다르게 화장로도 장례 시설도 전부 새것으로 바뀌어 있었다. 화장로 앞에 대각선으로 제단 비슷한 것이 놓여 있었고, 남자 직원이 "필요하시면 이쪽에서 작별인사를 나누세요" 하고 설명해줬다. "천천히 하세요. 시간이 걸려도 괜찮습니다." 그가 이어서 말했다.

먀타를 쓰다듬고 뺨을 부비며 숨을 크게 들이마셨다. 머리부터 발끝까지 털의 감촉이 느껴졌다. 이 느낌을 평생 기억하자고 마음먹었다.

"먀타, 힘들었지."

나는 천천히 입을 열었다.

"이제 끝났어. 전부 다 끝났어. 더는 괴롭지 않을 거야. 그러니 마음 편히 그쪽 세상으로 가. 거기 가면 네 동생이 기다리고 있을 거야. 너도 알다시피 그 애는 어리광쟁이니까 많이 외로웠을 거야. 그래서 널 줄곧 기다리고 있었겠지. 먀타, 나도 언젠간 죽겠지? 그러면 또 우리 셋이서 함께 살자. 내 인생에서 너희랑 지냈던 시간들이 가장 행복했으니까……."

먀타를 안아서 화장로 받침대 위에 올려놓은 뒤 꽃을 장식했다.

담당 직원이 "괜찮으시겠어요?" 하고 물어와 고개를 끄덕였다. 먀타는 천천히 화장로 안으로 들어갔고, 이윽고 문이 닫혔다.

이제 나는 고양이의 신을 증오한다. 아니, 더 정확히 말하면 저주한다.

직원은 건물 2층에 새 대기실이 마련되어 있으니 그곳에서 기다려달라고 했다. 45분 정도 걸리는 모양이었다. 기다리는 동안 나는 거듭해서 고양이의 신을 저주했다. 대기실 창문 너머로 잔인하리만큼 아름다운 겨울 하늘이 펼쳐져 있었다.

'이제 만족해?'

나는 고양이의 신을 향해 말했다.

10개월. 긴 투병 생활이었다. 그 도도하고 자존심 세던 고양이가 병원 갈 때만큼은 겁을 냈다. 언덕길을 오르내릴 때면 늘 야옹대며 울음을 그치지 않았다. 코가 계속 막혀 있었고, 괴로워하며 기침도 했다. 마지막 두 달 동안은 혼자서 음식도 먹지 못했다. 입에 넣어주는 음식조차 씹지 못하게 됐고, 죽기 직전에는 물을 넘기기조차 힘들어했다. 체중은 건강했을 당시의 절반까지 떨어졌다. 살아 있다는 사실이 신기할 정도로 먀타는 쇠약해졌다. 그것만으로도 충분하지 않았을까. 왜 그런 고통까지 짊어져야 했을까. 왜 조용하고 편안하게 떠날 수 있게 해주지 않았을까.

고양이의 신이여, 나는 당신을 믿지 않아. 절대 용서 안해. 내 소중한 고양이에게 그런 고통을 준 당신을 용서할 수 없어. 나는 하늘을 향해 말하고 또 말했다. 그때였다.

누군가가 나를 바라보는 듯한 시선이 느껴졌다. 주변에 사람이 있을 리 없었다. 방금까지 입구 쪽에 셰퍼드 같은 대형견의 화장이 끝나길 기다리던 노부부가 있었지만 담당 직원이 불러서 밖으로 나갔을 터였다.

심장이 덜컹 내려앉았다. 웬 고양이 한 마리가 문가에 앉아 나를 가만히 쳐다보고 있었다. 이곳에서 살고 있는 고양이들 중 하나 같았다. 어쩐 일인지 2층까지 올라온 것이다. 덩치가 큰 고양이, 아니, 크다는 말로는 부족했다. 거대했다. 먀타도 덩치가 작은 편은 아니었는데 그보다 훨씬, 훨씬 더 컸다. 어림잡아 체중이 10킬로그램은 넘어 보였다. 암컷처럼 보이는 고양이는 게다가 정말 못생긴 얼굴이었다.

고양이는 한 발자국 두 발자국 내 쪽으로 다가오더니 다시 자리에 앉았다.

"지금 너에게 딱히 줄 만한 게 없는데."

내가 계속 말했다.

"방금 소중한 친구를 보내고 왔거든. 다른 고양이를 예뻐해줄 기분이 아니야."

녀석은 아무 대답도 하지 않고 가만히 나를 보기만 했다.

"뭐, 좋을 대로 해."

나는 소파에 몸을 묻었다.

먀타도 죽고 싶지 않았을 거다. 그래서 마지막까지 몸부림을 쳤던 것이다. 하지만 병은 녀석을 막다른 곳까지 몰아 넣었다. 더는 꼼짝하지 못할 정도로 철저하게 밀어붙였다. 하지만 먀타는 끝까지 싸움을 멈추지 않았다. 그래서 더욱 괴로웠겠지.

이런 생각을 하고 있는데 갑자기 온몸에 '쿵!' 하는 충격이 느껴졌다. 화들짝 놀라 주위를 둘러보니 방금 전 거대한 고양이가 소파 위에 냉큼 올라와 있었다.

"너였냐? 깜짝 놀랐잖아."

녀석은 내 말은 신경도 쓰지 않고 점점 더 다가왔다.

"뭐야? 왜 그러는데?"

고양이는 천천히 발을 뻗어 내 무릎 위에 올라타고는 자리를 잡았다. 생각 이상으로 무거웠다. 아니, 그냥 무거운 정도가 아니었다. 하지만 무겁다는 느낌은 이내 사라지고 겨울철에 내리쬐는 햇볕처럼 따뜻해졌다. 기분 좋게 갸르릉갸르릉 목을 울리던 녀석은 곧 고른 숨소리와 함께 잠에 빠졌다. 신기하게도 내 안의 무언가가 스르르 빠져나가 하늘로 흩어지는 것 같은 기분이 들었다.

기쥬가 죽은 뒤 뭔가에 화를 내거나 누군가에게 신경질을 부리는 일이 나 스스로도 놀랄 만큼 줄었다. 만나는 사람들마다 "뭔가 달라졌네요"라고 다들 한마디씩 했다. "살 빠졌어요?" 하고 묻는 사람도 많았다. 그럴 리 없었다. 나는 조깅이 끝나면 꼭 체중을 쟀다. 체중도 체지방률도 전혀 떨어지지 않았다. 어머니에게 별 생각 없이 그 이야기를 했더니 "그 아이가 네 액을 대신 가지고 천국에 갔기 때문이야"라고 대답하셨다. 나는 하느님도 부처님도 믿지 않지만 이상한 일이었다. 어머니 말씀처럼 방금도 먀타가 내 마음속의 어두운 부분을 가지고 하늘로 올라간 것일까? 나는 무릎 위에서 둥글게 몸을 말고 잠든 거대한 고양이를 내려다봤다.

무릎에 실린 녀석의 무게를 느끼면서 떠나간 먀타와 기쥬를 떠올렸다.

"저기……."

사람 소리가 들려 고개를 들어보니 문 앞에 남자 직원이 서 있었다. 그는 집채같이 큰 고양이를 무릎에 올려놓은 내 모습을 보고 미소를 지을 듯 말 듯한 얼굴을 했지만, 곧 표정을 가다듬고 "끝났으니 아래로 내려와주십시오"라고 말했다.

그래도 삶은 계속된다

먀타는 새하얀 뼈로 변해 있었다.

직원은 "유골이 거의 그대로 나왔어요"라고 했지만 이는 주인의 기분을 배려한 거짓말이었음을 나는 금방 눈치챘다. 먀타의 뼛조각들은 자기보다 훨씬 작았던 기쥬타가 남긴 뼈의 절반도 채 되지 않았다. 10개월간의 투병 생활이 먀타의 튼튼한 뼈를 이렇게 만든 걸까.

기쥬 옆에 먀타를 묻었다. 밖은 벌써 저녁이었다. 이제 정말 한겨울이었다. 처음 먀타와 함께 자전거를 타고 언덕 길을 오르내렸던 계절이 돌아왔다.

여기서 가장 가까운 역까지는 걸어서 한 시간 거리였다. 택시는 다니지 않는 길인 데다 버스도 찾기 힘들다. 나는 천천히 걷기 시작했다. 어머니에게 전화를 걸었다.

"방금 다 끝났어요."

어머니는 "집에 들를래?"라고 하셨다. 잠시 망설였다. 어머니가 사는 집은 역보다 가까워서 내 걸음으로 40분이면 도착한다. 하지만 아직 일이 남아 있었다. 이럴 때 어머니 집에 가서 쉬어버리면 영영 눌러앉고 싶어질 것이다. 사정을 이야기하자 어머니는 "그래도 배고프지 않아?"라고 다시 물으셨다.

그렇구나. 듣고 보니 아침부터 아무것도 먹지 않았다. 어제는 뭘 먹었던가? 기억이 가물가물했다.

"초밥이라도 시켜놓을까?"

마음속으로 '초밥이라……' 하고 생각했다.

"평소에 먹던 걸로 주문해둘게."

"알겠어요. 참, 죄송하지만 참치초밥 일인분도 같이 부탁해요."

내가 말했다.

"먀타가 좋아했거든요."

"알겠다. 빨리 오렴."

어머니는 전화를 끊었다.

참치초밥을 먹어야겠다는 생각이 들었다. '먀타, 네 대신에 내가 참치를 잔뜩 먹을게. 네가 먹고 싶어 했지만 못 먹은 회도 먹을 거야. 그리고 내가 네 몫 까지 살고, 살고, 마지막까지 살아낼 테니까 끝까지 날 지켜봐줘.'

날이 거의 저물어 어둑어둑한 길을 향해 나는 크게 한 걸음을 내디뎠다.

이제는 컴퓨터 배경화면 속에 자리한 먀타와 기쥬.

순간의 의미를 생각할 때면 난 언제나 내 고양이들을 떠올린다.

녀석들은 내일 일을 미리 고민하지 않았다. 그날 먹고 싶은 것을 먹고,

마시고 싶은 만큼 물을 마셨다. 놀고 싶은 만큼 놀고 나면

서로 털을 핥아주다가, 갸르릉갸르릉 목을 울리며 행복하게 잠들었다.

나도 그렇게 매 순간순간을 살 수 있으면 좋겠다는 꿈을 꾸었다.

지금 이 순간의 단상만을, 이 순간의 욕망만을 좇아 문장을 써내려갈 수만 있다면

내 삶도 충분히 행복해지겠지.

그게 바로 내가 고양이와 함께 살며 배운 것이다.

그 순간이 있기에,
내일의 일상으로 나아가겠지

먀타가 "하앙" 하고 우는 소리에 아침 일찍 잠에서 깼다. "알았어, 밥 달란 말이지? 지금 일어났으니까 잠깐만 기다려봐." 그렇게 말하고 침대에서 뭉그적대는데 또 "하앙" 하는 소리가 들려왔다. 밥을 달라고 할 때, 배를 만져줬으면 할 때, 같이 놀고 싶을 때 먀타는 평소보다 높은 목소리를 내곤했다. 잠은 다 깼지만 눈을 뜨기가 싫었다. 눈을 감은 채 방의 모습을 머릿속으로 상상했다. 평소처럼 침실 문 앞에 발을 모으고 앉은 먀타가 나를 올려다보는 모습이 보였다.

"알았어, 네가 하자는 대로 하면 되는 거지?"

나는 혼잣말처럼 중얼거리다 눈을 뜨고 침대에서 몸을

일으켰다. 블라인드를 올리고, 엷은 햇살이 비쳐드는 한겨울의 아침을 만끽하며 방을 둘러봤다. 그런데 문 앞에도, 방금 빠져나온 침대 머리맡에도 먀타가 없다. 오늘은 저녁까지 집필을 끝내야 하는 원고가 있다. 그래서 조금 일찍 일어나 피트니스 센터에 다녀올 계획이었다. 차츰 맑아지는 머리로 여러 가지를 기억해냈다.

나는 아침에 일어나면 제일 먼저 작업실로 가서 컴퓨터의 전원을 켜고, 그릇 두 개에 물을 담아 고양이들 앞에 두곤 했다. 기쥬타가 죽은 후로 줄곧 녀석의 사진을 컴퓨터 배경화면으로 설정해 놓았지만, 먀타까지 떠나보내고 돌아온 그날 밤 먀타와 기쥬타가 나란히 있는 사진으로 바꿨다.

지금 살고 있는 이 집으로 이사하고 1년쯤 지났을 무렵, 두 녀석이 함께 작업실로 와 컴퓨터 앞에 앉아 있는 나를 한참 올려다본 일이 있었다. 아마 그때 찍은 사진인 것 같다.

새끼고양이 시절부터 쭉 그랬다. 일을 하고 있으면 둘은 나에게 다가와서 나란히 자리를 잡고 하염없이 나를 쳐다봤다. 놀자고 보채지도 않고, 배가 고프다고 조르지도 않고 그저 보기만 할 뿐이었다. 가끔 물었다. "너희는 왜 늘 그러고 있어?"

지금은 그 의미를 안다. 이렇게 사진 속에 남아 죽은 후에도 나를 계속 지켜봐주기 위해서였다.

"처음부터 둘 다 알고 있었지?" 나는 사진 속 기쥬타와 먀타를 향해 작게 말했다. 그 비 오던 날 공원 쓰레기통 아래에서 만나게 될 것도, 셋이서 함께 살게 될 것도, 기쥬가 햇볕 속에서 조용히 잠들 것도, 먀타가 10개월 동안 병원을 다니다 마지막에는 고통에 몸부림치며 내 곁을 떠나게 될 것도 너희는 전부 알고 있었지? 너희를 처음 만난 7월의 그날 아침 내가 평소보다 더 오래 뛸 거라 마음먹을 것도, 평소와 다르게 공원 구석의 자전거 코스를 지나갈 것도, 그리고 밤늦게 헤드랜턴을 들고 너희를 찾으러 올 것까지 미리 알고 있었을 거야. 기쥬, 그래서 넌 목소리가 갈라지도록 울고 또 울었잖아. 나를 부르기 위해서. 맞지?

고양이에게서 배운
삶의 교훈

정신을 차리고 나니 먀타가 죽은 지 벌써 보름이나 지났다. 하지만 먀타가 없다는 게 전혀 사실처럼 느껴지지 않았다. 어젯밤은 자면서 계속 먀타의 꿈을 꿨다. 먀타가 주방으로 들어와 물을 먹고 싶다고 해서 싱크대 수도꼭지를 틀어주는 꿈이었다. 수도꼭지에서 물이 흐르는데도 먀타는 바로 마시지 않았다. 망설이는 걸까, 아니면 일부러 망설이는 척을 하는 걸까. 하긴, 고양이란 원래 그런 동물이니까. 그런 생각을 하다가 먀타가 물에 입을 대기도 전에 눈을 떠버렸고, 그게 마음에 걸렸는지 같은 꿈을 반복해서 꿨다.

먀타, 기쥬. 지금 어디 있니? 난 너희가 없다는 게 조금도 실감이 나지 않아. 내 기억 속에는 지금도 이렇게 생생한걸. 어제 저녁에는 글쎄 먀타가 화장실 모래를 박박, 박박 긁는 소리가 들리더라니까.

시간이라는 것은, 기억이라는 것은 대체 뭘까. 난 요즘 고양이라는 동물은 인간과 다른 시간을 살아가는 존재구나 하는 생각을 한다.

지난 1년간 매일같이 인터넷 블로그에 일기를 올렸다. 그리고 알게 되었다. 그날 바로 글로 옮겨두지 않으면 의미가 없는 일이 인생에는 굉장히 많다는 것을. 시간을 들여 깊이 생각해볼 만한 물음들도 분명히 있겠지. 하지만 오로지 그 순간에만 글로 쓸 수 있는 일들이 상상 그 이상으로 많다는 것을 깨달았다.

순간의 의미를 생각할 때면 난 언제나 내 고양이들을 떠올린다. 녀석들은 내일 일을 미리 고민하지 않았다. 그날 먹고 싶은 것을 먹었고, 마시고 싶은 만큼 물을 마셨다. 놀고 싶은 만큼 놀고 나면 서로 털을 핥아주다가, 갸르릉갸르릉 목을 울리며 행복하게 잠들었다. 나도 그렇게 매 순간순간을 살 수 있으면 좋겠다는 꿈을 꾸었다. 지금 이 순간의 단상만을, 이 순간의 욕망만을 좇아 문장을 써내려갈 수만 있다면 내 삶도 충분히 행복해지겠지. 그게 바로 내가 고양이와 함께 살며 배운 것이다.

먀타가 영원한 여행을 떠나고 얼마 후였다. 연말 모임 자리에서 나보다 나이가 어린 지인을 오랜만에 만났다. 그는 "전화를 할까, 아니면 메일을 보낼까 고민 많이 했어요" 하고 말을 꺼냈다. 내 블로그 일기를 계속 읽고 있었나 보다. 그러다 갑자기 기억이 났다. 그도 15년 동안 함께 살았던 고양이를 떠나보낸 적이 있었다.

그는 일찍 결혼을 했다. 부인과 고양이와 함께 셋이 살았는데, 어린 나이에 시작한 결혼생활에 뭔가 문제가 있었는지 곧 이혼을 했고, 그는 고양이와 단둘이 살게 되었다. 그 후로 10년간 고양이와 둘이서 독신으로 지내다 우연히 다른 여성을 만나 재혼을 했다. 신혼살림을 꾸리고 아내 배 속에 새로운 생명이 자라고 있다는 사실을 알았을 때, 고양이는 마치 제 역할을 다했다는 듯 조용히 세상을 떠났다.

"그런데 정말 신기한 건요." 그는 계속 말했다.

"고양이가 죽고 나서 갑자기 헤어진 아내한테 전화가 왔어요."

이혼한 부인은 그가 재혼한 사실은 물론 연락처도 몰랐고, 10년도 훨씬 전에 친구가 회사를 그만두고 프리랜서가 된 것조차 알지 못했다. 전에 다니던 직장으로 연락을 했다가 소식을 알게 된 것이었다. 하지만 그가 회사를 다녔던 당시의 상사나 동료가 회사에 남아 있지 않아 이틀 동안 무작정 전화번호부를 뒤졌다고 한다. 그러다 지인을 통해 간신히 그의 핸드폰 번호를 알아낸 그녀는 친구가 전화를 받자마자 이렇게 말했다.

"우리 고양이는 어떻게 지내? 사흘 전부터 밤마다 그 애가 꿈에 나와."

사흘 전이라면 신장이 나빠져 병원 치료를 받던 고양이

의 상태가 갑자기 악화되어 생사를 헤매던 바로 그때였다.

"전 심령현상 같은 이야기는 전혀 믿지 않지만……." 그는 미소를 지었다. "그래도 고양이라는 동물은 참 신비롭고 묘한 것 같아요."

아이가 태어날 무렵, 아는 사람이 새끼고양이를 키울 사람을 찾는다기에 그가 데려왔다고 한다. 그는 내게 핸드폰 대기화면을 보여주었다. 핸드폰 화면에는 조그마한 남자 아기가 자기 몸통만 한 고양이를 꽉 끌어안고 있는 모습이 찍혀 있었다. 둘 다 이제 막 두 살이 되었다고 한다. 고양이는 조금 곤란해하는 듯한 표정으로 카메라를 응시하고 있었다.

만족하는 삶에 대해

12월의 마지막 날이 찾아왔다.

아침에 눈을 뜨자마자 찬물로 몸을 씻어 잠기운을 떨쳐내고, 꼼꼼히 스트레칭을 한 후 조깅복으로 갈아입었다.

"나 좀 뛰고 올게."

컴퓨터 배경화면 속의 고양이들에게 말을 건넸다. "오늘은 너희랑 만났던 그날 아침보다 더 많이 달릴 거야." 화면 속 먀타와 기쥬는 아무 대답도 하지 않았다. 그저 가만히 나를 바라볼 뿐이었다.

늘 하던 대로 공원 잔디밭을 슬슬 뛰면서 워밍업을 하다가 이 정도면 충분하다 싶어 산책로를 따라 달렸다. 반대편에서 뛰어오던 사람들 몇 명이 내 옆을 스쳐 지나갔다. 대부분 등에 배낭을 메고 있었다. 바나나같이 간단한 요깃거리와 물이 들어 있을 게 분명했다. 여기서 멀리 떨어진 시내 쪽에서부터 온 사람들처럼 보였다. 조깅을 좋아하는 사람들은 대부분 비슷한 생각을 한다. 뛰고 또 뛰면서 한 해의 마지막 날을 만끽하고 싶은 것이다.

산책로를 따라 서쪽으로 20분 정도 달리니 자전거 도로가 나왔다. 북동쪽을 향해 똑바로 뻗은 이 길은 편도 10킬로미터 남짓한 훌륭한 조깅 코스이기도 하다. 한참 동안 열차 선로 옆에 붙어서 뛰다 보면 역 몇 개를 지나가게 된다. 평온한 도시의 풍경이 점점 멀어지고 인적이 드물어질 때쯤 오른편에 넓은 공원이 펼쳐진다. 여기서부터 거대한 인공호수 둘레를 도는 코스가 시작된다.

가파른 언덕길을 올라가니 무서울 정도로 새파란 호수

가 한눈에 들어왔다.

　호수 중간을 가로지르는 다리로 들어서면 정면으로 은빛의 거대한 돔 구장 지붕이 보인다. 그 지붕을 볼 때마다 녹색 호숫가에 착륙한 UFO 같다는 생각이 든다.

　다리를 건너 오른쪽으로 꺾으면 이번에는 호수의 북쪽을 돌게 된다. 장난감 마을의 찻길 같은 유원지 카트 레이싱 코스를 따라 정면에 서 있는 관람차를 목표로 뛴다. 360도 회전하는 롤러코스터 바로 앞에서 공원 쪽으로 빠지면 호숫가 길이 끝나고 다시 자전거 도로가 나온다. 여기까지 뛰는 데 3시간 반이 걸린다.

　다리가 후들거리고 페이스는 떨어졌지만 신기하게도 돌아가는 길은 짧게 느껴졌다. 출발한 지 4시간 반, 집으로 이어지는 뚝방길에 접어들었다. 조금 속도를 늦추고 20분을 더 뛰다가 마지막 10분은 빠른 걸음으로 마무리했다. 딱 다섯 시간 만에 집으로 돌아왔다.

　집으로 가는 도중에 많은 고양이들과 만났다. 지붕 위에서 낮잠을 자던 녀석, 양달에서 털 손질을 하던 녀석, 웬 아저씨한테 고양이용 통조림을 얻어먹던 녀석, 하얗고 조그마한 새끼들을 데리고 가는 어미 고양이도 있었다. 나는 삼색털 고양이와 호랑이 무늬 고양이에게, 그리고 뭐라고 말할 수 없는 털색을 가진 녀석에게도 "야옹아, 야옹아!" 하고 열심히 말을 걸었다. 내 고양이들은 죽었다. 하지만 세상에는 이렇게나 많은 고양이가 있고 모두 행복한 듯 살고 있다. 그래, 그걸로 충분하다.

아무리 세월이 흘러도
변하지 않는 것

고양이를 키웠고 그들에게 깊은 애정을 쏟았던 사람들이라면 그들의 죽음은 사랑했던 만큼 슬프고 고통스럽게 다가온다. 하지만 그 아이들이 우리 마음에 남긴 것은 상처가 아니라 폭신하고 보드라운, 따스하고 사랑스러운 기억이다. 두 고양이와 지낸 10년은 돌이켜보면 마치 꿈만 같았던 행복한 나날이었다. 그 시간들은 다시 돌아오지 않는다. 하지만 추억은 영원히 사라지지 않을 것이다. 나는 이 순간부터 언제까지나 고양이들이 남겨준 기억과 함께 존재한다.

얼어붙은 겨울 공기를 가르며 오랜 시간 뛰다 보면, 마치 시간의 흐름이 멈춘 것 같고 살아 있다는 감각조차 느껴지지 않는 순간이 온다. 아무도 존재하지 않는 그저 새하얀 공간을 하염없이 달린다. 들리는 것은 내 발소리뿐. 이것이야말로 진짜 고독이다. 하지만 지금의 나는 그때조차도 고양이들과 함께 있다는 기분이 든다. 그러니 앞으로 아무리 추운 계절이 돌아온다고 해도 나는 저 멀리까지 달려갈 수 있을 것이다. 분명히.

먼저 떠난 고양이들에게 보내는 편지

꿈을 꿨다. 전에 살았던 아파트 거실의 소파에 앉아 먀타와 노는 꿈이었다. 내 무릎 위에 발라당 드러누운 먀타는 앞발과 뒷발로 내 왼손을 잡고 손가락을 세게 때로는 약하게 물었다. 나와 먀타가 자주 하던 놀이였다. 내가 손을 좌우로 흔들면 먀타는 신나 하며 손가락을 붙잡아 살살 물었고, 손짓을 멈추면 '더 놀자, 좀 더 놀자' 하는 듯 아프게 깨물었다.

등 뒤에서 달그락거리는 소리가 들렸다. 뒤쪽 벽 너머에는 내 작업용 책상을 놓은 방이 있다. 무슨 소리인가 싶어 가보니, 기쥬타가 책상 위에서 지우개를 굴리며 장난을 치고 있었다.

"기쥬였구나, 오랜만이네."

그렇게 말하고 기쥬를 뒤에서 번쩍 안아들었다. 그런데

왜 오랜만이라고 했을까. 꿈에 먀타는 자주 나왔는데 기쥬는 한동안 등장하지 않아서였을까. 나로서도 알 수 없었다. 기쥬타는 눈을 멀뚱멀뚱 뜨고 나를 쳐다보았다.

그런데 책상 위에 컴퓨터가 보이지 않았다. 전에 쓰던 구형 아이맥도, 더 전에 쓰던 파워 맥도 없었다. 그 대신 디자인 작업용 라이트 박스와 펜꽂이, 볼펜 몇 자루와 자, 지우개가 널려 있다. 기쥬타는 그것들을 발로 톡톡 치며 놀고 있었다.

기쥬를 무릎 위에 앉히고 등을 쓸어줬다. 너무도 그리웠던, 반지르르하고 보드라운 털.

"이제 아무 데도 가지 마." 나는 기쥬를 계속 쓰다듬으며 말했다. "이 집에서 우리 셋이 계속 함께 지내자, 응?"

그 순간 무언가를 눈치챈 듯 기쥬타가 몸을 움찔했다. 그리고 어느새 안개처럼 사라졌다…….

잠에서 깨자마자 눈물이 흘러내렸다. 나는 지금 살고 있는 집의 침대에서 몸을 일으켰다. 사방에 난 창문과 블라인드 틈새로 석양이 비쳐 들었다. 나는 곧 내가 낮잠을 자다가 깬 것임을 깨달았다.

2006년, 이 책을 내려고 10개월 동안 글을 썼다. 나와 함께 살던 고양이 먀타가 작년 10개월 동안 투병 생활을 했을 때와 같은 기간이었다.

2월에 처음으로 편집자와 만났고, 장마가 시작될 무렵에 반 정도 끝낸 원고를 넘겼다. 하지만 출판사 쪽이 생각해온 방향과 달라서 다시 미팅을 가졌고, 여름 직전부터 수정 작업에 들어갔다. 이것 역시 먀타의 병에 차도가 보이다 다시 악화되던 시기와 신기할 만큼 겹쳤다.

8월과 9월, 한창 더울 땐 진행이 순조로웠지만 10월 들어 날씨가 추워지기 시작하자 갑자기 글이 막혔다. 이번에도 먀타의 상황과 같았다. 어느덧 12월이 다가왔다. 내년 3월로 잡힌 발매 날짜에 맞추려면 교정과 프로모션 기간 등을 계산해서 올해 안, 그것도 12월 중순까지는 원고 집필을 끝내야 했다. 시간이 갈수록 편집 담당자의 요구는 늘어났고 솔직히 말해서, 힘들었다. 12월 30일, 에필로그를 마무리했다.

해가 바뀌고 바로 교정을 시작했다. 교정하고 또 교정했다. 2월 23일에 드디어 모든 작업이 끝났다. 그리고 다음 날부터 밤이든 새벽이든, 낮이든 이른 저녁이든 시간에 관계없이 눈만 붙이면 고양이들 꿈을 꿨다.

작업실 책상에 놓인 컴퓨터는 먀타와 기쥬의 사진이 배경화면으로 깔려 있다. 두 녀석 모두 살아 있던 시절, 2002년의 어느 가을날이었다. 지금처럼 책상 앞에서 원고를 쓰고 있는데 두 마리가 함께 다가와서는 나란히 앉아 나를 가만히 올려다봤다. 그때 찍은 사진이다.

꿈에서 깰 때마다 사진 속의 먀타와 기쥬를 향해 물었다.

"너희들, 혹시 하고 싶은 말이 있어서 그래?"

고양이들은 대답하지 않았다.

먀타는 오랜 투병 생활 끝에 2005년 12월 14일 숨을 거두었다. 그리고 유명 칼럼니스트 가츠야 마사히코 씨로부터 메일을 받은 것이 이듬해 1월 5일의 일이었다. 메일에는 다음과 같은 내용이 쓰여 있었다.

'고양이들과 지낸 이야기를 책으로 낼 생각 없어요? 인터넷에만 올리면 아깝잖아요.'

좀 더 자세히 설명하자면 이렇다. 먀타가 세상을 떠난 다음 날, 가츠야 씨는 내게 애도를 표하는 메일을 보내주었다. 나는 감사의 인사를 담아 답장을 쓰며 '내년에는 더 많은 글을 인터넷에 올릴 계획입니다'라고 덧붙였다. 그때부터 내 머릿속에는 이 책의 첫 장 '안녕이라는 한마디 말도 없이'에 쓸 문장들이 줄지어 떠오르고 있었다.

가츠야 씨를 알게 된 것은 2004년 가을이다. 어느 날 편집자로 일하는 내 선배 한 명이 "가츠야 씨가 홈페이지에 네 이야기를 썼더라" 하고 알려줬다. 정확하게는 홈페이지가 아니라 가츠야 씨가 2000년부터 7년간 빠짐없이 써왔고, 지금도 유료 메일 서비스로 형태를 바꿔 계속 연재 중인 웹 일기 '가츠야 마사히코의 XX한 나날들'을 말하는 것이다. 거기에 시작한 지 얼마 되지 않은 내 블로그가 소개되어 있었다. '왜일까' 하는 생각부터 들었다. 가츠야 씨의 이름은 TV 등의 매체를 통해 들어본 적이 있는 정도였다. 하지만 그쪽에서 날 알 리가 없을 텐데.

나중에 알게 된 사실인데 20년쯤 전에 내가 하쿠야쇼보 출판사에서 〈보디 프레스〉라는 잡지를 만들던 시절, 옆자리 직원이 편집을 맡았던 잡지 〈건강 매거진〉과 가츠야 씨가 관련이 있었다고 한다. 그때 나는 스물다섯의 청년이었고, 가츠야 씨는 와세다대학에 다니는 학생이었다. 그가 영화 잡지 등에 실린 내 글을 눈여겨보기 시작한 것이 그 즈음부터였다고 한다.

가츠야 씨가 내 블로그를 언급한 날의 일기에는 작가 오쿠야마 다카히로가 첫 소설을 완성했다는 이야기도 함께 쓰여 있었다. 제목은 《배니싱 포인트》. 오쿠야마 다카히로라는 신예 라이터의 존재를 그때 처음 알았다. 그는 2003년 31세의 젊은 나이에 폐암 진단과 함께 기껏해야 2년밖에 더 살지 못할 것이라는 시한부 선고를 받았다. 하지만 오쿠야마 씨는 병과 맞서 싸우면서도 글쓰기를 포기하고 않았고, 인터넷에 '살고 싶다. 죽고 싶지 않다' 같은 감정이 배제된 그야말로 쿨하고 하드보일드한 투병일기를 올렸다. 나는 오쿠야마 씨가 쓴 일기 시리즈 중 첫 번째 책인 《31세의 암 표류》를 부랴부랴 구해 읽었다.

'고양이들과 함께 생활한 이야기를 책으로 낸다'─그럼 일단 만나서 이야기해보자고 가츠야 씨와 약속을 잡았다. 그에게 연락을 받고 보름 가까이 지난 후였을 것이다. 당시의 내 일기를 다시 읽어보니 정확히 1월 20일이었다. 이때가 가츠야 씨와 처음 만난 날이었다. 내 블로그가 소개된 '가츠야 마사히코의 XX한 나날들'을 잘 읽었다고 감사의 메일을 보내고 답장을 받은 지 1년 하고도 3개월 뒤였다. 장소는 신주쿠 서쪽 거리의 도쿄멘츠단. 가츠야 씨가 컨설턴트로 참여하고 있는 가게였다. 가츠야 씨를 담당하는 모 출판사의 편집자도 동석했는데 일 관련 이야기는 금방 흐지부지해졌고, 함께 술과 안주를 즐기다 보니 어느새 화제는 오쿠야마 씨로 옮겨갔다. 유감스럽게도 오쿠야마 씨는 9개월 전《배니싱 포인트》가 발간되고 겨우 3일 후에 세상을 떠났다.

"오쿠야마 군이《배니싱 포인트》를 완성했을 때도……" 가츠야 씨가 입을 열었다.

"그때도 지금처럼 모여서 출판사에 연락해 책을 내겠다고 이야기했어요. 제가 알던 출판사에서 책을 내기로 거의 결정이 났는데, 동시에 매거진 하우스라는 곳에서도 연락이 온 거예요. 그랬더니 그 녀석, 더 유명한 매거진 하우스 쪽으로 냉큼 갈아타지 뭡니까! 뭐, 결과적으로는 잘된 일이지만요. 하하하!"

가츠야 씨는 TV에서 볼 때와 똑같이 호탕하게 웃었다.

물론 이 이야기는 어디까지나 가츠야 씨 특유의 농담이 섞인 것이었다. 《배니싱 포인트》가 여러 출판사로부터 출간 제안을 받은 건 사실이었다. 하지만 오쿠야마 씨의 유작 《33세의 암 표류》를 보면 '광고 선전력, 판매 능력이 뛰어난 출판사의 제안을 아쉽지만 거절했다'는 언급이 있다. 추측해보면 아마도 그는 자기에게 남겨진 얼마 안 되는 시간을 가늠해 가장 빨리 출판을 진행할 수 있는 회사를 선택했던 것 같다.

도쿄멘츠단은 술도 안주도 다 괜찮지만 원래 사누키 우동 전문점이다. 그러면 보통 마무리로 우동을 시켰겠지만 그날 밤은 달랐다. 가츠야 씨가 "오쿠야마 군과 처음 만난 날 갔던 오키나와 국수집에 들렀다 갈래요? 꼭 같이 먹어줬으면 좋겠어요"라는 말을 꺼냈기 때문이다. 술에 얼큰하게 취한 우리 셋은 신주쿠 거리로 나갔다. 그날 밤늦게 도쿄에는 팔랑팔랑 눈이 내렸다.

대략 열흘 후 출판사 신초샤의 편집자—나중에 《고양이가 왔다, 머물다, 떠났다》를 담당하게 된다—로부터 이메일 한 통을 받았다. '현재 저희 쪽에서 도우라 씨와 고양이들의 만남과 이별에 관한 이야기를 책으로 내고 싶다는 기획이 진행 중입니다. 어떠신지요?'라는 내용이었다. 눈 내리던 날, 도쿄멘츠단에서 함께 어울렸던 편집자에게 이런 제안을 받았다는 메일을 보냈다. 다행인지 불행인지, 그가 회의 때 내 이야기를 꺼냈었지만 일단 보류된 상태라며 '괜찮으니 신경 쓰지 마시고 그쪽 출판사와 일을 진행하세요'라고 답을 해주었다. 나는 가츠야 씨에게도 메일을 보냈다.

'이거 오쿠야마 군 때와 똑같은데요?'

가츠야 씨는 농담 섞인 답장을 보내주었다.

'틀림없이 오쿠야마 군이 이끌어준 게 분명해요'라는 말도 잊지 않았다.

그 후로 1년 2개월이 흘렀다.

2007년 3월 15일, 대낮부터 집에 틀어 박혀 있는데 갑자기 현관 벨이 울렸다. 나가보니 낯익은 남자의 모습이 보였다. 그의 손에는 갓 출간된 《고양이이가 왔다, 머물다, 떠났다》가 들려 있었다. 지금 사는 집에서 1킬로미터 남짓 떨어진 곳, 그러니까 내가 전에 먀타, 기쥬타와 살았던 동네의 술집 주인이었다.

당시 나는 우울증과 알코올 의존증에 시달리고 있었다. 글을 쓰고 싶지만 마땅한 일거리가 없어 잡지 디자인 일로 생활비를 벌었다. 컴퓨터 작업이 아닌 라이트 박스 위에 레이아웃 용지를 펼쳐놓고 샤프로 선을 긋고, 지우개로 지우고 또 선을 그었다. 디자인 일에 나름대로 성취감과 재미도 느꼈지만 어째서인지 참기 힘들 만큼 우울했다. 스스로 조절할 수 없을 만큼 기분이 가라앉으면 술이라는 도피처를 찾았다. 매일같이 대낮부터, 심할 때는 아침부터 술을 들이켰다. 술이 다 떨어지면 가까운 술집으로 갔다.

알코올 의존증인 사람은 술을 살 때 왠지 모르게 엄청난 부끄러움을 느낀다. 상상도 못할 나쁜 짓을 저지르는 듯한 자책감에 시달린다. 그래서 그 술집에 갈 때는 늘 고개를 푹 숙였다. 나는 취기가 얼굴에 나타나는 타입은 아니지만 대낮부터 눈이 뻘겋고 걸음은 비틀거리는 데다 술 냄새까지 풍기는 남자는 누가 봐도 이상할 터였다. 하지만 술집 주인은 말 한마디 없었다. 그저 내 얼굴을 힐끗 보더니 버번위스키를 건네줬다.

바로 그 주인이 현관 밖에 서 있던 것이었다.

"택배 왔습니다." 그가 말했다.

나는 고양이들과 살기 시작한 후 차츰 안정적인 생활을 되찾았다. 원고 의뢰가 조금씩 늘고 알코올 의존증에서 벗어날 수 있겠다는 생각이 들 무렵, 술집에서 고작 100미터 떨어진 곳에 24시간 주점과 편의점이 새로 생겨 주인은 가게 문을 닫았다. 그리고 언제부터인가 우체국 위탁집배원이 되어 가끔 우리 집을 방문하게 되었다.

혹시 나를 기억할까? 알 수 없는 일이다. 그는 "여기에 도장 찍으세요"라고 말한 뒤 내가 날인을 하자 내 얼굴을 힐끗 보고 떠났다.

택배 포장을 뜯자 그 안에서 새 책이 등장했다. 곧장 컴퓨터 앞으로 달려가 모니터 속의 기쥬와 먀타에게 보여주었다.

"드디어 나왔어. 너희들 책이야."

녀석들은 아무 대답도 하지 않았다.

참 신기한 노릇이다. 같은 사진인데도 날마다, 상황에 따라 매번 다르게 보이니 말이다. 쓸쓸한 표정일 때도 있고, 기쁜 표정일 때도 있다. 때때로 화를 내기도 하고, 내게 "이제 울지 마"라고 말하기도 한다.

하지만 이번에는 아무 대답이 없었다. 오늘은 영 복잡한 표정인 듯했다.

"왜 그래? 생각했던 거랑 달라?"

책을 손에 쥐고 바라보며 감촉과 무게를 느껴보았다.

"맞다. 그러고 보니 너희 둘 다 우리 집에 왔을 무렵에 딱 이 정도 무게였지."

작았다. 정말이지 너무 작았다. 책의 첫 번째 장 끝부분에 실린 새끼고양이 시절 사진은 집으로 데려온 지 한 달 정도 지난 후의 모습이다. 막 주워 왔을 때는 살아 있다는 게 신기할 정도의 크기였다. 두 마리 다 한 손 위에 가뿐히 올라올 정도였으니까.

'그래. 너희는 책이 되어서 나한테 돌아온 거구나.'

문득 그런 생각이 들었다.

기쥬와 먀타는 거실에 있는 의자를 좋아했다. 고양이의 신이 있는 곳으로 떠나던 날, 기쥬도 먀타도 몸을 뉘였던 그 의자 위의 빨간 쿠션에 책을 올려놓았다.

"어서 와."

주인이 사교성이 없는 탓에 고양이들도 다른 사람과 어

울릴 기회가 별로 없었다. 다행이라고 해야 할지 모르겠지만, 먀타는 병에 걸렸을 때 마지막 10개월 동안 수의사들과 병원을 찾은 다른 동물의 주인들로부터 귀여움을 잔뜩 받았다. 하지만 기쥬타는 남들보다 갑절은 더 어리광쟁이에 붙임성이 있었는데도 나 외에 다른 사람에게는 안긴 적이 거의 없었다.

하지만 이제 너희는 책이 되었다. 마치 '천개의 바람이 되어'라는 노래의 가사처럼 너희들은 문자 그대로 수천 권의 책으로 다시 태어나 수많은 거리의 서점 책장에 자리하게 되었다. 이제는 셀 수 없이 많은 이들과 마주칠 것이고, 그중에서 마음이 맞는 사람의 손에 들려 그의 집으로 가게 될 것이다. 그래, 그 비 오던 날 밤 내가 너희를 데리고 왔던 것처럼 말이다. 많은 사람들에게 사랑받기를 그리고 많은 사람들의 마음속에서 살아가기를……. 언제까지나, 영원히……. 나는 나지막하게 혼잣말을 했다.

이렇게 해서 블로그에 올린 글이 한 권의 책으로 완성되었다.

내가 블로그에 일기를 올리기 시작한 것은 일이 없는 프리랜서 작가라 백수나 다름없는 상황에서 글을 쓸 곳이 필요했기 때문이다. 또 출판계 전체, 특히 내가 주로 몸담아 온 잡지계의 시스템에 의문이 생겨 새로운 시도를 해보고 싶기도 했다. 그런 이유에서 원고료를 따로 받을 필요가 없는 인터넷이라는 매체를 활용했던 것인데 책까지 내게 되다니, 참 아이러니하다.

그 과정에서 가장 큰 행운은 앞에서 말한 바와 같이 가츠야 마사히코 씨, 오쿠야마 다카히로 씨와 인연을 맺은 것이다. 두 사람이 게재하는 인터넷 일기의 애독자들이 차츰 내 블로그에도 방문해 글을 읽고 감상과 격려의 메시지를 보내줬다. 그래서 책의 말미에 덧붙일 '해설'은 꼭 가츠야 씨에게 집필을 부탁해야겠다고 생각했었다. 가츠야 씨와 오쿠야마 씨 두 분과, 두 분의 글을 사랑하는 모든 독자에게 다시 한 번 감사의 말을 전한다.

내가 이 글을 쓰고 있는 지금은 2012년 9월이다.

예전에 가츠야 씨가 '가츠야 마사히코의 XX한 나날들'을 게재한 곳은 '사루사루 일기'라는 일기 사이트였다. 오쿠야마 씨는 개인 홈페이지 'TEKNIX'에 일기를 올렸다.

그 후 블로그가 대중화되면서 소셜 네트워크 서비스인 '믹시(mixi)'에 일기를 쓰는 것이 유행했는데, 지금은 페이스북이나 트위터가 대세다. 하지만 형태는 달라져도 그 안에 내재된 정신 그리고 그것이 사람과 사람을 이어주는 연결고리가 된다는 사실은 달라지지 않는다. 적어도 내 생각은 그렇다.

기쥬타가 눈을 감은 지 8년 6개월, 먀타가 떠난 지 6년 10개월이 지났다. 나는 이전과 같은 생활을 하고 있다. 매일 블로그에 일기를 올리고 일주일에 서너 번 조깅을 한다. 그리고 여전히 먀타와 기쥬의 꿈을 꾼다.

꿈속에서 기쥬타는 여전히 멀뚱한 표정을 한 채 바닥에 발라당 드러누워 애교를 부린다. 먀타는 싱크대 위로 뛰어올라가 물을 마시고 새 침대 시트 위에서 기지개를 켠다. 둘은 변함없이 내 마음속에 살아 있다.

요즘 들어 '죽음'과 '영원'은 같은 의미가 아닐까 하는 생각을 한다. 마지막 장에 썼듯이 고양이란 순간을 사는 존재다. 시간은 가차 없이 흘러간다. 찰나를 붙잡아두는 것은 그 누구에게도 불가능한 일이다. 지금도 누군가는 태어나고 누군가는 죽는다. 그렇게 세계는 계속된다. 인간 역시 평생을 살아도 '순간'을, 그리고 '영원'을 붙잡을 수 없다. 하지만 고양이들은 그 간극을 자유롭게 오고 간다. 우리의 손이 결코 닿지 않는 신비로운 그곳에 고양이들은 살며시 앞발을 딛고 있다.

그렇게 당신과 당신의 고양이도 영원히 함께하기를⋯⋯.

여전히 먀타와 기쥬타가 함께하는 컴퓨터 앞에서

도우라 미키

감사의 말

───────

이 책이 나오기까지 많은 분들의 깊은 관심과 애정이 있었습니다. 이 자리를 빌려 감사의 말을 전하고자 합니다.

가장 먼저 도쿄 고가네이(小金井) 시 미도리초(綠町)에 있는 동물사랑병원의 고노 마사루 원장 선생님과 이노우에 나오코 선생님께 진심으로 감사드립니다. 두 분을 만난 것은 먀타에게 행복이었고, 저에게는 행운이었습니다.

또 1년이라는 시간 동안 제 블로그에 관심을 가져주시고 먀타의 병에 대해 조언을 아끼지 않은 분들, 격려의 메일을 보내주신 분들, 기도해주신 분들께도 감사를 드립니다. 일기는 지금도 블로그를 통해 계속 게재하고 있습니다. 괜찮으시다면 또 찾아와주십시오. 언제라도 기다리고 있겠습니다.

죽음과 이별에 대한 따뜻한 고찰

'메멘토 모리(Memento mori), 죽음을 기억하라.'

도우라 미키의 글을 접했을 때 나는 불현듯 그 말을 떠올렸다.

산다는 것 자체가 난제였던 시대, 인간의 머리 한구석에는 항상 죽음에 대한 생각이 거대한 바위처럼 자리하고 있었다. 그래서 소크라테스가 남긴 '중요한 것은 그저 사는 것이 아니라, 잘 사는 것이다'라는 말에 무게가 실린 것이다.

그저 살기만 하는 인생으로 전락하기 너무 쉬워진 지금, 죽음은 우리 곁에서 끝없이 멀어져간다. 하지만 도우라는 다르다. 언제나 삶과 죽음의 틈새를 주시하고 있다. 그는 그 벌어진 간극을 '연결하는 사람'이다. 그래서일까, 도우라의 문장은 늘 예리하게 날이 서 있고 때로 그 칼날이 누군가의 심장에 상처를 입혀 피를 흘리게도 한다.

도우라 스스로도 잘 알고 있을 것이다. 그는 이 책에서 인터넷에 글을 올리는 일을 도취와 두려움이라는 관점으로 설명했다. 이의 연장선상에서 도우라는 2005년 12월 30일 블로그에 올린 '자유롭게 산다는 것'이라는 글에서 이런 표현을 썼다.

문득 정신을 차리고 보니 죽은 사람들 이야기만 하고 있다. 가네코 쇼우지, 기쿠치 겐지를 비롯해 리처드 매뉴엘, 릭 단코, 돌아가신 아버지와 고양이 기쥬타, 그리고 오쿠야마 다카히로. '회상 특급(lostbound express)'이라는 블로그 이름이 알게 모르게 그런 방향으로 이끌어가는 것일까? '죽은 자는 말이 없다'라는 문구를 굳이 인용하지 않더라도, 죽은 이에 대해 글을 쓰는 일이 민감한 문제인 것은 누구나 알고 있다. 너무 장난스럽거나 감상적으로 접근해서는 안 된다. 무엇보다 우리는 자기 자신이라는 작은 거울에 비친 상대의 모습밖에 알지 못한다. 하지만 존중하는 마음을 바탕으로 글을 쓴다면 그것은 죽은 이들을 위한 일이 되기도 한다. 사진작가는 죽은 자의 초상을 담는 일이 불가능하지만 말이다. 그리고 여기 없는 그들을 통해서만 배울 수 있는 것들이 확실히, 존재한다.

이 책에는 도우라와 가까운 이들의 죽음에 관한 이야기가 나온다. 왜 그의 주변에서는 아직 살아갈 날이 많은 이들이 세상을 떠나는 일이 흔하게 일어난 것일까.

그 기묘한 감각은 나 역시 경험한 바 있다. 실은 나도 도우라와 마찬가지다. 내 주위에는 사람이 죽는 일이 잦다. 많은 친구와 선배들이 병으로 죽거나 혹은 전쟁터에서 총을 맞고 눈을 감았다. 나도 도우라도 아직 50대다. 우리와 어울리는 사람들도 모두 엇비슷한 나이다. 인생은 바로 지금부터가 시작인데 말이다.

나는 이 책을 시작으로 도우라가 펴낸 책들을 읽고 나서야 차츰 그 이유를 이해하게 되었다. 그와 내가 '메멘토 모리'의 교훈을 인정하고 따르는 부류의 사람이기 때문이었다. 잘 살 수 있는 기회가 점점 적어지고, 사람들이 죽음에서 눈을 돌리고, 타인의 임종을 지키는 일도 사라지게 되었다. 죽음은 모두에게 평등하게 방문한다. 하지만 사람들은 그러한 본질을 직시하려 하지 않는다. 도우라와 나는 눈을 크게 뜨고 죽음을 마주 바라보는 길을 택했다.

《고양이가 왔다, 머물다, 떠났다》는 이른바 '임종의 문학'이라고 할 수 있다. 도우라는 고양이를 떠나보내면서 아버지의 죽음을 비롯한 수많은 죽음과 뒤얽힌다. 그리고 '꿈'이라는 촉매를 통해 '피안'과 '차안'을 자연스럽게 넘나든다. 내가 그를 '연결하는 사람'이라고 칭한 까닭이 여기에 있다.

연결하는 사람인 도우라의 남다른 열정은 그를 단순한 관찰자에 머무르도록 허락하지 않았다. 도우라는 독립영화 감독으로서도 여러 작품을 만들었다. 그 과정에서 그는 피안의 사람들과 접촉하고 교류하고, 서로 사랑을 주고받으며 전력을 다해 살아왔다.

돌이켜보면 얄궂은 인연이라고밖에 설명할 수가 없다. 내가 그의 이름을 처음 안 것은 한 영화잡지를 통해서였다. 문장이 얼마나 수려하던지, 나 역시 글을 쓰는 사람으로서 그의 탁월한 기술에 혀를 내둘렀다. 그때 이후로 벌써 20년이 지났다. 그가 소설을 쓰면 좋겠다고 생각한 지가 말이다. 알고 보니 도우라 미키가 글을 쓰던 바로 곁에서 나도 일을 하고 있었다. 1980년대, 도우라는 출판사 하쿠야소죠에서 잡지 〈보디 프레스〉를 만드는 일을 하고 있었고, 나는 그 바로 옆 부서에서 담당하는 잡지 〈건강 매거

진〉에 기사를 기고하는 작가였다. 서로가 그 사실을 알게
된 것은 20년이 지난 후, 인터넷에 쓴 글이 계기가 되어 서
로 연락이 오고간 뒤다. 뛰어난 문장가인 도우라 미키를 존
경하면서도 설마 같은 시간, 같은 공간에서 일을 했을 거라
고는 상상도 하지 못했다.

　나는 《고양이가 왔다, 머물다, 떠났다》 중에서도 특히
서두 부분—비 오는 공원에서 도우라가 기쥬타와 먀타를
주워 가방에 넣고 자전거를 달려 집으로 돌아갈 때의 혼잣
말—을 보며 공감했고, 눈물을 흘렸다.

　배낭 안에 고양이 두 마리를 아무렇게나 집어넣은 뒤 다시 자전
　거에 올라탔다. 비는 점점 더 쏟아졌다. 고양이들은 배낭 속에
　서도 여전히 울어댔고, 나는 어째서인지 "괜찮아, 이제 괜찮아"
　하고 몇 번이나 되풀이해 말했다.

　도우라는 작은 동물 두 마리를, 온전히 자신이 보호할 수
있는 생명을 품에 안았다. 하지만 마음껏 사랑을 쏟은 대가
인 듯 고양이들은 먼저 세상을 떠났다. 책 속에서 도우라는
몇 번이고 자신의 관점을 재점검한다. 그는 이성적으로 고

양이들의 병세를 지켜보고 있었을까. 자신의 몸 상태나 혼자만의 생각으로 눈을 흐리게 만든 것은 아닐까. 이는 차안에서 피안을 바라보는 자가 늘 되돌아봐야 하는 부분이기도 하다. 그가 지금껏 살아온 인생과 쌓아올린 모든 것들이 남들에겐 아무리 작고 사소하게 보일지라도, 같은 방식의 삶을 살아온 나에게는 정말로 의미 있게 다가올 수밖에 없었다.

책 속에서 도우라는 여러 번 '언젠가는 나도 죽는다'라고 말한다. 우리 모두가 그렇다. 하지만 살아 있는 존재는 그날의 양식을 얻기 위해 그날의 일을 할 수밖에 없다. 고백하건대 나는 이런 종류의 '수행'을 퍽 좋아한다. 먀타가 세상을 떠나고 하룻밤을 꼬박 새운 그날의 일을 도우라는 이렇게 썼다.

편집자로부터 "내일까지 부탁드렸던 원고 말인데 혹시 오늘 중으로 보내주실 수 있으세요?"라는 연락이 왔다. 알겠다고 대답한 나는 전화를 끊은 뒤 먀타를 쓰다듬으며 영화를 내리 세 편 보고, 리뷰를 썼다. 그래, 이게 내 일상이다.

그렇다. 우리는 계속 그렇게 살아가야 한다. 문장을 쓰는 일을 통해 어제가 내일로 이어진다. 그게 나와 도우라가 선택한 것이다. 우리는 이 수행에 대해 커다란 긍지를 느끼며 하루하루를 살아간다. 나를 대신해 그 사실을 알린 도우라에게 감사한다. 글을 쓰고 영혼을 팔아 사는 길을 선택한 사람은 모두 동족이다.

그리고 마지막으로, 도우라가 나보다 먼저 《배니싱 포인트》의 작가 오쿠야마 다카히로의 이름을 언급해준 일에 진심으로 감사한다. 그가 먼저 써준 덕분에 내가 오쿠야마 씨에 관한 이야기를 따로 쓸 필요가 없어졌다. 나와 도우라, 그리고 오쿠야마는 정말 불가사의한 인연으로 이어져 있다. 하지만 이렇게 살아가는 길을 택했기에 우리는 결코 우연이 아니었던 것이다. 도우라를 통해 쓴 이 글을 죽은 오쿠야마에게 바치고 싶다. 그 역시도 충분히 이해해주리라 믿는다.

가츠야 마사히코

고양이가 왔다, 머물다, 떠났다

초판 1쇄 2016년 12월 27일

지은이 | 도우라 미키
옮긴이 | 양수현

발행인 | 이상언
제작책임 | 노재현
편집장 | 서금선
에디터 | 한성수
디자인 | 김진혜 김미연
마케팅 | 김동현 김훈일 김주희 한아름 이연지

발행처 | 중앙일보플러스(주)
주소 | (04517) 서울시 중구 통일로 92 에이스타워 4층
등록 | 2007년 2월 13일 제2-4561호
판매 | 1588-0950
제작 | (02) 6416-3899
홈페이지 | www.joongangbooks.co.kr
페이스북 | www.facebook.com/hellojbooks

한국어판 출판권 ⓒ 중앙일보플러스(주), 2016

ISBN 978-89-278-0817-6 03810